소통과 힐링의 시 33

같은 쪽
바라보는
우리

발간사

같은 쪽을 바라보는 이들이 많아서 행복합니다

문학이 지역경쟁력인 시대입니다. 대중에게 사랑받는 문학 작품이 지역을 널리 알리고 관광객의 발길을 끌게 해서 지역 경제에 큰 영향을 끼쳐 지역민들의 삶의 질을 높여주기 때문입니다.

새시샘시낭송협회는 가장 지역적인 문학으로 가장 경쟁력 있는 문학을 펼치기 위해 모인 이천 문학인들의 모임입니다. 가장 개인적인 시와 가장 지역적인 소통과 힐링의 시로 행복을 추구하며 문학의 독창성을 펼쳐가고 있습니다.

이천의 문화를 꽃피우기 위해 이천을 노래하는 문우들과 함께해서 행복합니다. 아울러 지역경쟁력인 문학의 발전을 위해 물심양면으로 지원해주는 이천시와 평생학습센터 관계자님들이 함께해서 더욱 행복합니다.

문은 누구에게나 열려 있습니다. 앞으로 더욱 시민들과 함께 호흡하는 문학 세계를 펼쳐나갈 계획입니다.

우리와 함께해 주실 거죠?

같은 쪽을 바라보는 이들이

더욱 많이 동참하실 수 있기를 기대합니다.

새시샘시낭송협회 회장 김경희

우리

한 세상 살아가면서 한 곳에 살아가면서
같은 쪽 바라보는 우리 얼마나 든든한가
아무도 대신 살아줄 수 없지만
결코 홀로는 살아갈 수 없잖아
그래서 우리
서로에게 힘이 되는 우리
사랑으로 믿음으로
같은 쪽 바라보는 우리

contents

contents

part1.

이천에 살아서 행복합니다

산수유꽃 축제

智蓮 김경희

백사면의 봄은
산수유꽃으로 시작되지

햇빛이 온화해지면
검은 나무에 물이 길을 내고
온통 노랗게 봄이 찾아오지

산수유꽃이 절정이면
그때 축제가 열릴 시기

산수유꽃과 함께
봄을 즐기지
울긋불긋 백사면을 물들이지

봄이야
방방곡곡 전하는 전령사
백사면 산수유꽃

설봉산에서

석당 윤석구

큰일났다

산이 좋아
설봉산
단풍 구경 왔는데
단풍은
눈에 안 들어오고
여인의
빨간 등산모만
눈이 따라가니

아리산 정자에서

송명순

가로등이 눈을 감고
별이 잠자리 드는 시간
창문을 타고 새벽이 오고 있습니다

훅, 파고드는 끈적한 바람
심장을 싸고도는 습한 기운
더워도 더워도 너무 더운
낮 기온 36도 밤에는 27도의
열대야가 몸을 달구는 일상입니다

책 한 권 대야 하나 들고 집을 나섭니다
아리산 신송약수터에서 한겻을 보냅니다
대야에 물 담아 발 담그고
정자에 앉아 책을 읽습니다
매미와 새들의 지저귐이 자장가 되어
스르르 잠이 옵니다

어린 날 냇가에서 친구들과 목욕하며 좋아라 뛰놀던 일
손으로 고기 움켜 까만 고무신에 넣었던 일
소 몰고 냇둑에서 풀뜯기며 그늘에 앉아 책 읽던 일
어스름 저녁 마당에 멍석 깔고
왕겨에 쑥대 얹어 매운 연기로 모기를 쫓아내며
엄마 아버지 언니 동생 둘러앉아
칼국수 먹고 하늘 보며 별 헤던 일

찐득한 추억이 목덜미를 타고 전신으로 퍼집니다
아, 내가 어린 시절 꿈을 꾸고 있는 건지
어린 애가 지금 내 꿈을 꾸고 있는 건지
몽매 간 고향의 여름을 만났습니다
가족을 만나고
친구들을 만나고
너른 들판과 냇가를 만났습니다

시부저기 일단하몽(一短夏夢)입니다
그렇게 동동팔월이
아리산 정자로 스며들고 있습니다

게걸무를 아시나요

최경래

무도 아닌 것이
배추 꼬랑지도 아닌 것이
팽이 같은 몸체에
잎새는 영락없는 무라

이천만의 토박이 김장채소
무레기 최씨 문중에
사백 년째 이어온
이천 사람들의 먹을거리

몸체는 딱딱하고
잎새는 억세도
쌀겨와 노랑물 풀어
짠무로 담겨지면
한여름 밑반찬에
이만한 것이 없다네

눈빛으로 고개로

이경근

화요일마다
시로 마음을 열어주는 가족입니다
에이스경로회관 소통과 힐링의 시창작교실
어느 분은 절절한 그리운 사랑을 이야기합니다
어느 분은 살아온 가족을 단막극처럼 잘 그려 놓았습니다
어느 분은 행복한 노년의 삶에 아름다움을 노래하고 있습
니다

시 한편에 공감하며
눈빛으로 고개로 끄덕끄덕
애잔한 미소로 한마음 되어 소통과 힐링을 합니다

우리는 살아온 날이 다르지만
시 한편으로 마음이 하나 되는
가족입니다

도봉리 푸른마을

안인선

아직도 닭 우는 소리가 잠을 깨우면
아침 해가 유난히 붉게 떠오르니
남향 아파트는 하루 종일 따뜻하고 밝아서
제일 위층 처마밑 제비집에
아침부터 지지배배

앞을 보고 옆을 봐도 펼쳐진
연록색 논은 수라상 준비하느라
고개 숙여 땀 흘리고
금잔화 코스모스 설악초
정류장에서 만난 이웃과 인사한다

자전거 타고 까르르 깔깔
요리조리 달리며 노는 아이들의
웃음소리가 조용한 동네를 살린다

별빛이 내려와 속닥속닥
불꽃보다 더 뜨거운 노을이 식어가는
마음 따끈따끈 데워주는 동네
아파트 숲 사이에 스며든 바람도
그늘도 걱정 없고
고층아파트 출근 시간 고충도 없는
자연에 대한 설렘이 늘 춤추는 곳
우리 동네
별빛이 예쁘고
황홀한 저녁놀이
추억을 부르는 곳

박꽃처럼 웃고 싶은 마음

김대흥

사기막골 남자의 맨발이
10년째 진흙을 밟고 있다
마음이 들어앉아 버리면 그게 어디 흙인가 사람이지
도자기 굽는 장작 불가마 속에 사람 집어넣는 도공도 있던
가
마음을 내려놓고라도, 항아리가 되고 싶었다
쌓으면 무너지고 쌓으면 무너져 내리고
용빼는 재주를 가졌어도 혼자는 안 된단다
둘의 허리를 맞대 붙여야 비로소 항아리 하나
딸의 엄마
엄마의 딸
반달에 반달을 포개 얹고서야 비로소 달항아리가 되었다
이어붙인 허리에 볼품없게 생살이 돋고
허공을 닮은, 날밤 새우며 두들겨 대던 방망이 소리에 질
려버린 무명천을 닮은
풀도 꽃도 나무도 키우지 못해
벌 나비 한 마리 날아와 주지 않는
무명치마 그 빛을 꼭 닮은 달항아리가 되었다
그깟 마음 따위 있어도 그만 없어도 그만인걸
10년째 남자의 불가마에서 이즈러진 몸을 끌고 달항아리
가 뒤뚱뒤뚱 걸어 나온다

그나마 산 게 어디여?
10년째 불가마 속에서 깨진 달항아리 조각을 퍼내는 남자
의 얼굴이
밤의 붓질로 거뭇거뭇 해지고 낡아간다
수북이 쌓인 달항아리 깨진 조각들이 꺼억꺼억 유골처럼
운다
10년째 흙을 밟는 사기막골 남자의 맨발 아래서
박꽃처럼 웃고 싶은 마음들이 숨을 죽인다

모가농협

김신덕

삽 괭이 호미 사러 갔다
계산대 위에 놓인 책상달력에
어린 여자아이가 환하게 웃고 있다
어머나!
누가 이렇게 이쁘게 모았을까?

매월마다 함박웃음 웃고 있다
둘이 활짝 웃는 거는 우리 부부 닮았고
입안이 다 보이도록 환한 웃음은 손녀딸을 닮았고
아빠랑 엄마랑 아들의 밝은 웃음은 미국 손주를 닮았고
두 아이와 활짝 웃는 모습은 쌍둥이 손자를 닮았고
셋이서 이가 다 보이도록 웃는 모습은
세 딸과 세 사위를 닮았다

사진 한장 찍어도 될까요?
네 찍으세요
뒷장에도 많이 있습니다
사진 찍으면서 중얼거렸다
너무 이뻐요 정말 이뻐요

저는 사모님의 마음이 더 이쁜 거 같습니다
이 달력 많은 사람이 보았는데요
사모님처럼 이쁘다고 사진 찍는 분은 처음이에요
그래서 저는 사모님의 마음이 정말 이쁩니다

이렇게 멋진 말을 해주는 직원
너무 감사합니다
말로도 천 냥 빚을 갚는다는 걸
이제 알았어요
사진마다 이빨이 다 보이도록
행복한 가정을 그린 이는
저만큼 행복한 가정이겠죠?
행복한 아침입니다

구만리 路

김영숙

스물 몇 해 전부터
구만리뜰 곁에 살았습니다

첫 해 봄,
함께 만난 개구리들은
엄마 떠내려갈 걱정도 없는데,
넓은 연못으로 이사 갈 걱정도 없는데,
어마어마한 떼창으로 울려퍼졌지요

맑은 개구리 울음 속에서
내 인생이 차곡차곡 쌓여 갔습니다
가을 황금빛 들판
바람결에 흔들리는 노랫소리를
가슴으로 들었지요

이천의 맨하탄으로 변하는 이곳,
남쪽의 해님이 아낌없이 주던 햇살이
초고층 아파트에 막혀 버렸습니다
이차방정식 위로 볼록 포물선의 정점에
슬픈 내 마음이
한참을 머물러 있었습니다

벗어나려다,
벗어나려다,
드디어 벗어난 정점입니다
이제 최저점을 향해
조용히 내려가네요

구만리로(路) 마천루 꼬부랑 이름 새 터전에서
행복을 가꾸는 한집 한집을
마음 다해 축복하려 합니다
이사 올 분들의 희망도
따스하니 응원하구요

그동안 구만리뜰에서
공짜로 받은 혜택을
전하는 메신저로 남겠습니다

이천에 살아서 행복합니다

백현실

버스가 서울을 벗어나자
삼월의 산야는 봄이어도 봄이 아닌
황량함으로 가득합니다
그래도 당신이 곁에 있기에
웃을 수 있었습니다

읍내를 가로지르는 길의 시작점에서 끝나는 곳까지
걸어서 삼십 분이면 충분했습니다
그 자그마함에 황당해하며 또 한 번
웃을 수밖에 없었지요

이곳에 마음을 나누어주려고 무던히
애를 썼습니다
둥그런 도자기를 품에 안고
푸른 빛 도는 이천쌀밥에 코를 박고
뭉근한 사투리를 따라 해보았지요
그래도
자꾸만 서울로 향하는 눈길만은 어쩌지 못했습니다

아이들 공부 다 마치고 당신과 나 둘이서 다시
서울을 떠나 이천으로 오던 날
광화문 거리가, 덕수궁이, 화양동 먹자골목이, 불암산이
자꾸 뒤를 돌아보았습니다
얼른, 당신의 주머니에 손을 쑤욱 집어넣었고
내 손을 잡아주는 마음은 여전히 따뜻했습니다

창을 여니
봄바람이 너른 들판을 건너 달려오고
그 사이로 백로 한 쌍 날고
논마다 그득한 물 위로 하늘이 찰랑거립니다
밤이면 개구리 울음소리가 담장을 넘고
보름달은 커다랗고 밝게 빛납니다

당신과 어깨를 맞대고
이천을 천천히 들이마십니다
내 안의 일렁이는 그리움 되어버린
돌아만 보아도 내 편이 되어주는 이름
손 내밀면 언제나 그 자리에 서 있는 이름
이제 마음만 먹으면 서울도 금방
이천에 살아서 행복합니다

모전리 현대아파트

엄성순

베란다 핑크색 제라늄은
회사함을 발산시키고
길 건너 한마음 유치원엔
아이들의 웃음소리
아파트 잔디밭 단풍나무엔
새들의 지저귐이 한데 어울려
화음을 이루는
작은 생활권이 모여있는 이곳
버스는 수시로
그래서 불편함이 없으매
시니어들이 살기에는 안성맞춤

내가 나이 들어 선택한 보금자리
아침에 일어나 커텐을 열면
거리엔 평온함과
가슴엔 행복이 가득 스며드는 곳
열심히 운동 나가는 건강맨
유치원의 아이들
모두가 열심히 움직이고 있구나
아!
나도 오늘 행복하게 살아야지
오늘도 힘차게 세상 속을 걷는다

변화

오성순

큰딸 6개월 태아 때 남편 직장 따라
서울이란 도시에 살다가 오게 된 이천 땅
집 문제 생활 주택도 많지 않았고
한 바퀴 돌라치면 끝이었든 작은 지역
먹을거리 풍성하지 않았고
내륙이라 신선하지 못했던 수산물들
난감함에 힘들었던 시절
어언 40여 년의 세월이 흘렀습니다

이제는 주위를 돌아보면 온통
풍성한 먹을거리로 마트들이 들어서고
그 옛날 처음 발 디딘
이천과는 비교가 안 될 만큼
멋진 도시가 되었습니다
후손들에게 좋은 것을
물려주기 위해
잘 가꾸고 발전시켜서
제2의 고향이 되고
아이들의 고향이 되어버린
이천을
사랑하며 또 축복합니다

임금님표 이천쌀

오재준

오랜만에 고향에 갔다
친척 어른들에게 문안 인사 드렸다

자네 사는 곳이 어딘가?
예, 이천입니다
이천이 어디 있노?

갑자기 말문이 막힌다
어디라고 해야 쉽게 알아 들을까
강남에서 한 시간
분당에서 사십 분
한참 생각하다
임금님표 이천쌀이 많이 나는 곳입니다

아, 그렇구나
지난 봄에 서울 아들네 갔다가
밥맛이 좋다고 해서 한번 간 일이 있네
참, 좋은 곳에 사는군

예스파크 새 가족

이기정

아들 또래 젊은 부부
돌 지난 딸아이 안고 임대 들어와
재롱둥이 손녀 같은 아이
과자 사주면 좋아라 깡충깡충

갑작스런 불청객 코로나로
힘들어 하는 모습에 가슴이 쓰려
적은 금액이지만 임대료 조정해주고
정부와 지자체 지원사업 알선해주며
어서 빨리 일러서라 간절한 소망

도자기 축제 자리 잡아
계획보다 두 배나 더 팔렸다며
카네이션 꽃바구니 들고 찾아와
어버이날 축하한다는
그 고운 마음씨에 가슴이 뭉클

인연의 끈을 맺은 지 5년
자식 하나 생겼네
손녀도 늘었네

망초꽃

이순남

언덕배기 공터마다
가득 채웠던
너는
북미에서 귀화해온,
어릴 적 감자밭 매시는
할아버지 손에 뽑혀 나던
천덕꾸러기
지금쯤 복하천 들녘에
화안하게 피어 있겠지
'날 잊어주오.'
야속한 듯 메아리치는 꽃말
이렇게
비 내리는 날에는
고향 지킴이 불러내어
망초꽃 언덕길 걸어봤으면
꼬옥 손잡고 걸어봤으면

설봉공원

이용성

설봉산 정상에 붉은 노을이 걸리면
설봉호수에는 붉은 하늘이 춤추고

삼형제 바위에 부엉새 울고 가는 긴 밤이면
영월암 동자 머리에 수많은 별이 쏟아지네

추억이 그리운 사람들이 오고 가면
추억이 보고픈 사람들도 오고 가고

사계절 하양 빨강 꽃이 피고 지니
사계절 꽃향 따라 벌나비 찾아드는

그냥 바라만 보아도 좋은
이곳은 이천시 설봉공원입니다

영월암

이정식

모시적삼 울엄마
다림질하듯 오르는
영월암 오름길

걸음마다
산새가 운다

내려놓은 외동아들
합죽선 펴듯
찔레꽃 향기
골 타고 내려온다

울엄마 등줄기에
소금꽃이 핀다
찔레꽃이 핀다

애련정, 그 깊은 속내

정구온

"저 선생님을 보면 참 시인처럼 생겼다는 생각이 들어요."

시인처럼 살고 싶은 이에게
그보다 더 듣기 좋은 말이 있었을까
어느 해
시 읽는 저녁을 함께했던 애련정에서 잠시 더위를 식히며
애련정을 담아본다

효양제봉이 펼쳐지는 곳에
높지도 낮지도
사치하지도 누추하지도 않게 지었다는 애련정
애련이라 이름함은
연꽃은 꽃 중의 군자라
진흙 속에 있으면서 때 묻지 아니하고
멀수록 더욱 맑은 향기를 내는
연꽃의 군자는 곧 사람의 군자
구경만 할 것이 아니라
애련의 깊은 뜻을 찾아보고
궁구한다면 오래도록 그 혜택을 입을 것이요
정자 또한 썩지 않을 것이라는 군자의 마음이 담긴
애련정(愛蓮亭)을 보며
애련(哀戀)한 마음
잔잔히 물위에 무늬를 그려주고
애련정을 읊은 옛 시인들의 시가
애련정의 애련(哀戀)함을 더해주는구나

이천농업테마공원에서

한기향

친구들아, 참 고맙다

이천시민 할인 받아 숙박
덕분에 온돌 같은 따스함으로
가마솥에 피어나는 이야기들

달빛 같은 미소로 함박웃음 짓는
울엄마 달순씨,
별빛처럼 반짝이며
애교 폭죽 터뜨리는 친구들
웃음은 이삭처럼 고개 숙여 흔들리고

익살스런 엉덩이 춤은 친구의 몫
장난스런 몸짓으로 출렁출렁
신이 나서 눈물 콧물 쏙 빼고 있다

달순씨 주머니에 햇살처럼
따스한 용돈 한줌이 들어왔다
웃음은 바람 타고 감동과 하트 뿅뿅
풍년 맞은 행복이
쌀체험존을 감싸안는다

반룡송

현명희

천년의 세월
묻고 싶은 갈애渴愛
한 입 떼기도 전에
그는
천둥 치듯
적막한 용틀임으로
말문을 닫았다

생존,
그 무한한
경이驚異여!

에이야 호야

이인환

에이야 호야 에이야 호야
우리들의 사랑이 피어난다
용머리 앞산머리 붉은 해가 떠오르면
복하천 상류자락 내 고향 호법에는
임금님 진상미로 삼시세끼
잘 먹고 잘 사는 게 행복이지
아버지 어머니의 그 사랑이 밝아온다

에이야 호야 에이야 호야
우리들의 사랑이 피어난다
소학산 서산 노을 눈부신 어스름에
복하천 상류자락 내 고향 호법에는
꽃농사 지으면서 우리 함께
잘 먹고 살 사는 게 행복이지
한 평생 흙과 함께 행복을 노래한다

에이야 호야 행복이 별거더냐
잘 먹고 잘 살면 그것에 행복이지
에이야 호야 사랑이 별거더냐
함께 하면 그것이 사랑이지

part2.

사랑, 그 아름다운 노래

때늦은 무더위에도 여유로운 건 순전히 詩가 있기 때문이다. 하루를 온전히 보내면서도 아쉬움이 있는 건 詩와 함께였기 때문이다.
어느덧 9월, 시간을 잊고 사는 건 詩를 쓰고, 퇴고하는 동안 계절이 바뀐 탓이다. 아니 덕분이다. 詩 덕분이다.
벌써 가을, 그리고 겨울.

김경희

이천시 마장면 출생. 백사면 거주. 국어국문학 전공.『서정문학』등단. 새시샘시낭송협회 회장. 시전문잡지『소통과 힐링의 시』주간. 증포시인회 고문.

이중(二重) 잣대

모 아니면 도
잠시, 잠깐이 생략된 급발진
거침없는 강요는 망설임이 없었다
흰색이야? 검은색?

선택할 수 있는 건
단, 두 가지밖에 없다고
스스로를 가두게 하였다

내 편? 아니면 저쪽 편?
흰색은 검은색이 틀렸다고 하고
검은색은 흰색이 틀렸다고 하고

틀린 문제에는 정답이 없다는 걸
흰색과 검은색은 절대 모르면서도
줄 세우기를 하는데
내 편은 모두 좋은, 상대편은 무조건 나쁜

강요에 지배당하지 않은
푸른색도 많다는 걸
미처 모르고는

미꾸라지 몇 마리가 흙탕물 일으키는 꼴이라니

이중(二重) 잣대2

거미줄의
기세가 등등하다
큰 거미의
몸짓이 날카롭다

거미줄을 걷어내려다가
生을 망치는 것 같아
고개를 숙여 지나가는 걸로
거미의 삶을 인정했다

모두의 生을 위한답시고
저쪽에 큰 거미줄이 있다며
지나가는 바람에게 소곤소곤
소문을 내었다

밥

어미에게
대충은 애당초 존재하지 않았다

끼니때마다
정갈한 찬 몇 가지와
꾹꾹 눌러 담은 고봉밥으로
어미는 거룩한 의식을 치렀다

정복당하지 않을 듯하던
산봉우리가 바닥을 보일 즈음
그제야
어미도 허기진 육신을 다독이고

빈 둥지가 될 때까지
끊임없이 담아낸 고봉밥
어미에게는
성스러운 신앙이었고
거를 수 없었던 의식이었음을

가없는
어미의 영혼 전달식이었던 게다

밥2

열여덟에
둘째 며느리로 시집와서
호된 시집살이

아이고 말도 마라
백과사전 몇 권은 엮을 것이라던
65세 마누라를 묻던 날
당신 사후(死後) 집도 옆에 만든 아버지

막내딸이 내민 몇 숟가락의 밥

구우을 떠어 억
세상에서 제일 크게 소리 내던
아버지 밥 삼키는 소리

아버지 마저 보내드리고
작은 아들이 쥐어 준 밥숟가락

구우울 떠어 억
목구멍을 넘긴 독하고, 지독하던
밥

미분양

한겨울에도 멈추지 않던 공사판 소리
벚꽃나무, 개나리가 봄소식을 알리던 그곳
빌라가 자리를 잡았는데
봄이 두 번 바뀌었는데

여전히 미분양이라는
현수막이 여러 곳에 걸렸는데

속닥속닥
새로 지은 아파트도 미분양이라던데
쑥덕쑥덕

마을과 공존하던
산과 논과 밭은 전설로만
그 자리에 빼곡히 들어선
사람 사는 집

주인 못 찾은 집

옥이 언니

9년만이라지

2시간 넘게 차를 타고
오르락내리락 낙산사를
달팽이 걸음으로 빈틈없는 발자국 수
법당으로, 해수보살 상으로, 홍련암으로

의문부호는
빨간색 멈춤이었는데

아니, 아니 바다 닮은 파란색

서울 병원 가는 길이
유일한 일탈이던 그녀

얼마 만이야, 여기
또 올 수 있을지

흐린 말 내뱉으며
열심히 움직이는 동공에는
푸른 바다가 가득하였다

뒷정리

5월 초 밭둑에 심었던 옥수수 모종
가뭄에도 무럭무럭 자라더니
알맹이 빼곡 채웠지

가족 모두 좋아하는지라
20포기 심었는데
2번 수확을 했지

쏠쏠한 개수에 만족
달달하고 고소한 맛에 또, 만족

생산을 끝낸 옥수수
푸릇한 청춘에서 하루가 다르게
변해 가더라고

인생 같은 닮은 꼴
서둘러서 베어내는데
만삭의 옥수수 1개 품고 있었어

말라 가면서도
1개 온전히 키웠더군

일상의 가장 빛나는 순간은 늘 사소한 곳에 숨어있다고
믿습니다.
그 소중한 빛을 붙잡아 시로 옮기며 매일 매일의 삶의 무
늬를 시로 노래하며 행복하게 살고 있습니다.

송명순

이천 중리동 고담2통 출생. 증포동 거주. 새시샘시낭송협
회 부회장. 시전문잡지 『문학 秀』 등단 및 이사. 전)이천시
청 근무, 전)대월농협 근무. 전)이천적십자부녀봉사회 부
회장, 분당 만나교회 장로. 시집 : 『꽃길은 우리가 만드는
거야』, 『우리 걷는 이 길이』 등

엄마의 길

엄마의 길은 언제나 망초꽃길이었지
엄마의 정이 담기고
혼이 담긴 그 길
둑 너머 방축굴 사장들길

엄마가 허구헌 날 하루에 수십 번 다니던 그 길
눈감고도 쉽게 다니시던 길
흙길이었고
망초대꽃 하얗게 흐드러진
야생길이었지

흰고무신 신으시고
흰고쟁이 까만 적삼 입으신
까마잡잡한 엄마
긴 밭에 일 끝내고 허리 펴실 때면
나무에 걸린 해가 엄마의 길을 재촉하고
저무는 하룻길도 힘겹다

갈따리바구니 푸성귀 가득 담아 머리에 이고
힘겹게 푸서릿길 오실 때면
단발머리 순이
망초꽃 한아름 끌어안고
어머니 오시는 길 밝혀 드렸지
어머니 얼굴 하얀 망초꽃 웃음이었지
엄마의 길은 언제나 망초꽃길이었지

엄마 같은 언니

언니가 내 언니로 살아 줘서 고마워
한 둥지 일곱 개의 둥근 알에서
첫번째로 깨쳐나온 알

맏이라는 크고 무거운 짐을
구십육 년을 지고 사셨지
햇살처럼 따뜻했던 미소
바람처럼 부드러운 손길
동생들을 향한 사랑은 끝이 없었고
희생은 바다같이 깊었지

봄이 열리는 첫날
고운 눈 따라 올라가 하얀 별이 되셨네

"아프지 마라
나쁜 건 다 나에게 주고
너희는 건강하게 잘 살아다오."

전화선 너머에서 들려오던
맑은 목소리는 항상 동생들 걱정이었고
보듬어 안는 그 품은
지금도 우리를 향해 속삭이는 것 같은데

이젠 바람 속으로 사라져버린 고운 목소리
몸은 흙이 되어 가셨지만
엄마 같은 언니
언니,
언니가 내 언니로 살아 줘서 고마워

아버지의 장날

뽀얀 먼지를 가르고 달려오는 자전거
땀 흠뻑 배어 등어리에 달라붙은 베적삼 뒤로
아버지의 삶이 보인다

장터에서
얼큰한 순대국에 막걸리 한잔 걸치시고 기분 좋아 흥얼대
시며
덜컹대는 비포장 도로 십리길을
달려오신 아버지 먼지를 뽀얗게 뒤집어 쓰셨다

장날이면 녹두며 콩 이런저런 잡곡을
장에 내다 팔고 고등어 한 손과
짚으로 묶은 돼지고기 두어 근
눈깔사탕 한 봉지 자전거 뒤에 매달고 오시던 아버지
마당에서 친구들과 고무줄놀이하며
아버지 오시길 기다렸지

아버지 나이 되어 세월의 흔적으로
아버지가 그랬듯 고등어 한손
셈베과자 한 봉지 사들고
아버지의 오일장을 뽀얗게 뒤집어 쓴다

미국 손녀

할머니 용돈 또 보냈네
어린이날 축하금
응?
나 스물세 살인데?
그렇지
그래도 할머니한테는 영원한 어린애기야
매년 어린이날은 용돈 받네
그럼
아이 좋아라 할머니 사랑해
나도

노년의 길

또 하나의 나이테가
어깨를 누르며
한뉘를 살아온
작은 몸을 감싸고 돌아든다
저문 햇살이 뒷모습을
어루만지던 그 날
언제 스러질지 모를 짧은 눈썹달처럼
오늘일지, 내일일지,
혹은 몇 해 뒤일지 알 수 없는
노년의 길을
빨간 넝쿨장미가 곱게 물든 담장 따라
차분히 걸어간다
산등성이에 걸린 해가 물들어간다

능소화

싱그러움이 채워지는 날
연한 빛 따라 담장을 돌면
엄마의 미소가 멈췄던 곳

지병으로 고생하실 때
귤을 많이도 찾으셨는데
그 시절 귀한 귤 대신
병원 담벼락에서
환한 얼굴 내민
능소화가
엄마를 위로해 주었지

입추에

산들바람이 입추를 데려왔는지
입추가 산들바람을 꼬셔왔는지
반가운 손님들이 폭염을 밀어낸 자리에
원통산 마루 떼구름 속에 걸린
아버지 막걸리 몇 모금
어머니의 따스한 웃음 한 보따리를
그리며 고향길을 걸었습니다

들대를 지나 둑 너머 고래논
피사리하시는 아버지를 만나고
새밭 녹두 따시는 엄마를
뵈었습니다

산모롱이 고을마다 그리움 심겨진 곳
때까치 종아리 뻐꾸기 우짖었고
된비알에 바람꽃 머물던 원통산
방축굴 개울
줄과 깃동잠자리 어우러져 춤추고
산바람 들바람이 만나
삽작문 열고 살며시 들어가면
실바람에 여름을 식히며
오수로 삶의 무게를 잠깐 내려놓으신
아버지 어머니의 행복한 날을
만났습니다

엄마 아버지 고됨 속에 날들이 밝았듯
나의 청춘도 빛같이 환하였고
이제 노을길을 즐기며 바람 따라
엄마 아버지의 길을 가고 있습니다

살아가는 동안 만나는 많은 사람들과 많은 자연과 또 많은 사물들을 대할 때 그 순간마다 남기고 싶은 글이 있을 때가 있다. 그때마다 그 소재들과 소통이 있고, 설렘이 있어서 창작작품의 탄생이 가능했다고 생각한다.

위대한 시는 깊은 사색에서 많은 시간 속에 철학적으로도 진지하게 검토된 작품이라고 본다. 그런데 내가 써 보는 생활시는 너무 가벼워서 안 보면 날아간다. 숨겼다가 아슬아슬 내놓는 기술도 없고, 화장법도 모르고 그냥 생각 자체를 복사하듯 내놓는다. 그래도 그때그때 짧게 시 형식을 빌려 습작하듯 써 보는데 그래서 나는 시라고 주장하지도 않는다. 그건 독자 몫이고 평론가의 몫이라 걱정 않는다. 내가 허락없이 자유로이 썼기에 글을 대하는 독자의 어떤 말도 나보다 더 자유로이 평가해 주기를 바란다.

석당 윤석구

충남 예산 출생. 이천 안흥동 거주. 새시샘시낭송협회 고문. 아동문학가. 동요작가. 한국동요사랑협회 고문. 전)에이스침대 대표. 시집)『늙어가는 길』,『젊어가는 길』등 다수.

복집에서

신사동 금수복집에서
지인 세분과 함께
지리를 먹었다

둘이 먹다가
하나가 죽어도
모를 만큼 맛있다는
속담이 생각났다

이번에는
넷이 먹다가
넷이 모두 죽은 듯 조용하다

모두
하던 말이 죽어버린
맛난 점심이었다

소문낼까 봐

살다 보면
때론 화가 나서
욕을 하고 싶을 때도
있더라
어느 날인가 그래서
나도 누가 들을까 싶어
화장실에 들어가서
한바탕 퍼대려 했는데
파리들이
우르르 따라 들어와
나를 보고 있어
간신히 참았다
소문낼까 봐

그대에게

세상에 나온 말 중에
그대에게 꼭 주고 싶은 말이 있습니다
“사랑합니다”입니다

가장 많이 하고 싶은 말도
“사랑합니다”입니다

이보다 더 좋은 말이 없어서

들킬까 봐

만약
애인이 생긴다면
나는
얼굴은 외워도
이름은
절대 외우지 않겠다
혹시
잠꼬대 하다가
집사람한테
들킬까 봐

꿈 자랑

친구한테
어젯밤 예쁜 여인과
연애하는 꿈
꾸었다고
자랑했더니
꿈도 샘이 나는지
개꿈이란다

그래 오늘은 돼지꿈 꾸고
돈 생기면
세계여행하는 꿈이나
또 꿀 거다

밤 파도

파도는 잠도 안자고
왜, 밤새 왔다 갔다 하고 있을까
아마도
모래밭에 어질러 놓은
발자국 지우느라고 그러는가 봐

바지와 양산

바지는
남성들의 전유물이었지만
언제부턴가
여성들이 애용하면서
양성평등이 되었고

양산도
여성들의 전유물이었는데
기후 변화의 영향인지
남성들 특히 청년들이
애용하면서
이 또한 평등이 되었다

그러고 보니 나는 원조다
10년 전 지방에서
최초로
양산을 쓰는 남자라는
시를 발표했다
양산 쓰는 청년들을 보니
옛 생각이 아련하다

공직생활을 성남에서 구청장으로 마무리하고, 38년만에 고향을 찾았으나 산천은 의구한데 인걸은 바빠 멀리들 떠나고, 아는 이 없어 사람이 그리워 주민자치회장도 하고 노인회장도 해보았으나 허전한 마음을 달랠 길 없어 글을 쓰기 시작했습니다.

높은 아파트와 아파트 사이로 삐죽이 내보이는 원적산을 멀리 보며 피어나는 숨결을 시로 담고 싶은 사람입니다. 사소한 일에도 마음을 기울이며 잊히기 쉬운 순간들을 일상의 언어로 시를 쓰고 싶습니다.

최경래

이천시 단월동 출생. 증포동 거주. 새시샘시낭송협회 감사. 현)세람저축은행 사외이사. 『소통과 힐링의 시』 등단. 전)동부그룹 부사장. 전)성남시 구청장.

나의 아버지

얼굴 뵌 지가 꽤 오래 됐다
밤중에 들어오셔
꼭두새벽에 나가시니
만날 수가 없다

잠자는 자식들
얼굴 한번 쓰윽 훑으시고
이내 곯아 떨어지신다

배운 게 없어 머리로 하는 직업이 아니다 보니
육신을 굴려 먹고 살으니 그럴 만도 하다

그때 그 시절 배운 사람이 몇이나 됐나
문맹 퇴치한다고
동네 사랑방에 모여
ㄱ.ㄴ.ㄷ.ㄹ
낭낭한 노인네들 목소리에
가르치는 선생님은 앳된 총각

눈 밝게
귀 쫑긋
하루 해가 짧다

눈석임물

누군들 슬픔 걱정 없이
살아가고 싶지 않겠나
평온한 듯 보이고 싶어
슬픈 기색 없이 살아가는 거지

오늘도 웃고 살자
이불 걷어차고 일어선 용기가
나에게 있음에 감사하련다

눈 속에 파묻힌 복수초도
기어이 일어서겠다는
앙칼진 다짐이 없다면
어찌 눈 속에서 꽃을 피우랴

산다는 게 별거 있나
이 악물고 하늘 한번 쳐다보고
기쁜 표정 지어보이며 사는 게지

돌부리에 채여 발끝을 다쳐도
원망보다는 내 잘못에 기인한다
눙치며 사는 게지

이만큼 먼 길 헤쳐 와 줬으니
경험 못한 세상
또 무슨 일이 기다릴까

벚꽃이 필 때면

벚꽃이 필 때면
먼 산을 바라보는 버릇이 있다

가차이 있는 꽃보다
먼 산에
꽃이 더 예쁘다

벚꽃도 우리와 다르지 않다
꽃을 먼저 피우는가 싶더니
잎과 함께 피는 꽃
잎이 난 후에 꽃을 피우기도 하고
먼저 핀 꽃이 먼저 지고
나중 핀 꽃이 나중에 지고

벚꽃을 보고 있노라면
사람이 살아가는 색깔 같아
나름대로의 매력이 있다
나는 어떤 색깔일까?

벚꽃이 필 때면
먼 산을 바라보는 버릇이 있다

새순

매번 설렘을 주니 좋다

순이야
새 눈을 뜨게 하는 힘은
어디에 감추었다
새롭게 피어나니

저들도 우리처럼

내 고향 원통산 접어드니
더덕향이 진하게 스친다
너,
거기 있음에
새로운 만남에 설렌다

가녀린 줄기로
멀리 떨어져 남아도
언제나 설레는
끈끈한 살붙이

함께 있음에
그 향이
더욱 진하다

가고 오고

논두렁에 앉아 울어대던
뜸부기 노래도 멈춘
유월 어느 날
보리내음 수확에 기쁨이 넘친다

한 절기 수확이 끝나고 나면
또 다른 열매를 잉태하고
올곧게 익어 갈 열매를 위해
뙤약볕은 온종일 내려쬐겠지

아무리 시끄러워도
살 만한 세상,
가고 오고
들녘에 여치 노래할 때면
내 고향
단드레 녹두골
고추도 익어 가겠네

손님

소문 내고 오시는 이보다
오지 않아 기다려지는
그 사람에 더 애가 탄다

언제부터인가 사립문 밖
휑하니 내다보고
아니 옴이 확연한 때
먼 산 훑켜 보고 뒤돌아선다

몸이 떠나고 나니
마음도 멀어졌나 보다
치부하고 돌아서기엔
그래도 미련이 남아
희미한 옛 생각 더듬어 본다

바람이
멈춘 자리에서
나는 너를 기다린다

빠르게 세상이 변화하는 요즘 견디고 지친 마음에 사랑을
불어 넣는 일은 새로운 도전, 오늘도 내일도 같다.

이경근

새시샘시낭송협회 감사. 시전문잡지『소통과 힐링의 시』
운영위원. 이천문화원 이사. 이천설봉신문 대표 역임. 신
협중앙회 이사 역임. 이천신협 이사장 역임. 시집 :『신중
년의 사랑노래』,『시가 골목길로 내려왔다』,『시를 골목길
에서 줍다』외

신중년의 하루

먼동 틀 무렵 일어나
일상을 시작하니
하루가 길어져
해도
똑같지 않아
무척 생활의
여유가 생겼습니다

신중년의 청춘

신중년은 청춘이다
삶에서 얻은 지혜의 풍성한 상상력과
안이한 두려움을 떨쳐내어
포기하지 않는다면

청춘은 마음가짐에 있지
나이 숫자나
세월의 주름살로 결정되지 않는다

아름다운 희망 용기 도전의
꿈이 없으면
신중년이라 할 수 없으니
당당하고 씩씩하게 산다면
신중년의 청춘은 살아 있다

노란 불

빨간 불이 오려나
몸이 자유롭지 않습니다

새소리에 일어나려니까
팔다리 어깨 허리에서
우두둑 삐거덕껏
움직일 수 없고
행동도 빠르지 않습니다

간밤에는 토막잠 자고 깨어
다시 잠을 청하지만
어머니 아버지가 그랬듯이
깊은 잠에 들지 못하며 세월에 빠집니다

파란 불이 아니니
빨간 불 들오기 전
노란 불 신중년으로
즐겁고 건강하게 살아야겠습니다

배움과 운동으로
가슴 활짝 여니
오늘도 내일도
신바람
꽃바람이 불어 댑니다

맛있는 점심시간

일생 동안 아픈 분에게 도움 주시며
살아오신 팔십대 중반의 약사님과
점심 약속이 있어 함께 차 타고 갔습니다

해 뜨면 폭염으로 해지면 열대야로
무더운 여름을 잘 보내기가 힘들어 해마다
걱정이라며 동승한 분이 하소연을 합니다

약사님이 고급 파카 만년필을 선물 받아
바로 쓰기 너무 아까워 서랍에 고이 모셨다가
가족 앞에서 폼 잡고 사용하려니까
잉크가 나오지 않아 당황스런 일이 있었다 합니다

새 만년필이지만
제때 사용하지 않으면 쓸 수 없듯
사람도 덥다고 에어컨에 편안하게만 살아가면
몸이 점점 굳어져 일상이 힘들고
병원 신세도 진다며

잠깐이라도 집안이든 밖이든
부지런히 움직여야
더운 여름을 이겨 내는
힘을 얻는다 하셨습니다

요즘처럼 바쁜 세상에는
별도로 운동할 시간을 갖으려고 애쓰기보다
자신이 처한 곳에서
어떻게 하느냐 따라 달라진다며
맛있는 점심시간을 보냈습니다

할머니 스티커

아내가 폰이 울어 받았더니
작은딸 목소리가 들린다

할머니 할아버지
목소리 듣고 싶다며
전화를 바꾼 손녀
호기심 많은 일곱 살이다

할머니가
우리 강아지 보고 싶네
나 강아지 아닌데
그러면 공주님인가
공주도 아닌데
그럼 누군가
난 할머니 스티커

아하,
착 달라 붙는
그 스티커

가을이 오길

무더운 여름밤에
푸른 숲이 아닌 콘크리트 숲속에
반짝이는 간판 즐비한 골목
그래도 시원한 골목바람이 불겠지
생각하며 찾았지만
윙윙 소리로 꽉 찬 골목길
뜨거운 바람에 숨이 턱턱 막히네

빌딩 사이로 보이는
달에게
땀에 젖은 하루를 닦아내면서
어서 서늘한 가을을 주시길 빌어 봅니다

사람은 사람답게

가을을 누리며
흠뻑 젖어 보고 싶다
늦더위에 지친 텅 빈 마음에 담아 둘
아름다운 단풍길 걷지도 못하고
어느 날 갑자기 하루 새
찬바람 불어 와 두꺼운 옷 꺼내며
겨울 같은 가을을 보낼 것 같다

여름 같은 가을이 극성이더니
계절마저 제구실을 못하고
사람들은 계절을 잊은 채
제 목소리만 높이네

계절을
계절답게 보내고
맞이하고 싶다

전례 없던 무더위가 계절 앞에 무상하다.
황금빛이 석양에 더 아름답게 비춰 알알이 익어가는 열매
속 소망이 시를 통해 누구나의 마음속에서 싹트길 바라고
시대를 앞서가는 선구자 역할을 기대하며,
나의 보람과 행복인 시를 쓸 때마다 파르르 떨린다.

안인선

증포시인회 회장. 『소통과 힐링의 시』 등단. 시집 : 『꽃길
은 우리가 만드는 거야』, 『우리 걷는 이 길이』 등

부부

아침 눈떴을 때
서로의 눈부처가 되고
이런저런 참견도
익숙한 노래가 되어
같은 쪽을 바라보는
우리는
원 플러스 원

그녀의 그리움

함께 있음이 행복이었음을
편안한 웃음으로 작별하려 했던
지워버리고 싶은 잔인한 이별
아직 그녀의 집에는
냉장고를 연신 열어대며
중얼거리는 남자가 살고 있다

항구가 내려다 보이는
소싯적부터 살았던 집
남자의 숨결은 곳곳에 살아있다
장모님 모시듯 잘 길렀던
선인장은 40년 넘게 거실문 앞에서
세월을 익어가고
유난히 바다색이 푸른 날

갈매기는 잉크빛 바닷물을
연신 찍어대며 끼륵거리는데
그리움은
아직 남자를
내려놓지 못한다

세상이

깊은 우물에서 떠낸
시원한 물일 줄 알았는데
소낙비같이 넘치는
배려에 시원할 줄 알았는데
아뿔싸
착각이었다

연륜으로 이해가 더 깊어지고
넓어질 줄 알았는데 착각이었다
비우려 하나 서운함과 옹졸함이
바닥에 떨어져 기어들어가는
자존감을 내려놓고
훌훌 털어내면
시원할 것들이 마음에 자꾸 쌓인다

더 많은 것을 품을 줄 알았는데
착각이었다
황혼의 세월이 바람을 타고 흔들린다

닿

모래톱 위 오래도록 출항하지 못한 배 옆에
아무렇게나 뒹구는 녹슬어 있는 닻
한때는 저녁이면
사랑을 싣고 바다를 달리던 꿈
수십 리 깊은 물속에 몸을 내리고
연신 그물을 올렸다 내렸다
꿈을 끌어올리던 어부들의 그림자 보이지 않고
녹슬은 갈비뼈만 덩그러니
덧없는 세월
배 한 척 장만하기 위해
파도 위 바람이 되어버린 어부
물에 떠내려가지 않게 깊은 곳에 내려놓아 호기를 부렸던
어부들의 웃음은 푸르고 푸른 바다에
발바닥을 내딛는 고통스럽던 순간들

어부의 꿈은 세월에 부서져 흔적도 없지만
해도 비추지 않는 곳에 한생을 내려놓고
행복을 끌어올렸던 시절을 반추하며
떨어져 나간 세월을 깁는다

우리 사는 세상

파도에 밀려 조금씩 움직이는
새끼 거북 한 마리
힘이 들어 가지도 못하고
모래톱에 걸려 죽은 듯 있다가
뒤집히기도 하고 또 밀려오고

아기거북아, 너 거기 있음 안 돼
너희집으로 빨리 가렴
사람들 눈에 띄면 위험해

긴 막대기로 밀어 넣으면 또 밀려오고
그리 센 파도도 아닌데 차고 나가질 못하는구나
발을 동동 애간장 녹고 있는데
운동하던 이가 들어가 깊은 곳으로 보내
안심이다 싶었는데
다시 파도에 밀려 원위치로

해도 서산에서 넘어가지 못하고
애태우고 있는데 씩씩한 젊은 남자가 거북을 들고 가고 있다
어쩌시려구요?
저 쪽 바위 틈에다 놓으려구요
안전한 곳에 놓아준 그는 안심하라는 듯 손을 흔들어 보였다
우리도 손을 흔들며
잘 가, 거북아!
해도 가슴 쓸어내리며 서산으로 넘어간다

인생 참 어려워

아파하지 마라 친구야
세월이 떠난 줄도 모르고
자식인들 어찌 네 속을 알 수 있으랴
한나절도 안 돼 방전되는 체력으로
힘든 일도 마다 않고
산도 넘고 강도 건너 긴 터널을 지나온 세월
잠시 뒤돌아보니 평생 다녔던
이 길이 이리 낯설 수가 있나

돌덩이 같은 발바닥으로 젊음을 태웠고
자식 입에 고기 한 점 넣어주려
에미는 배를 곯아도 행복했다
지쳐 주저앉았을 때
고사리손으로 닦아주던 눈물도
흘러가는 세월에 보내 버리고
자식 걱정에 늘 애가 타 잠 못 이루던 밤도
흘러가는 강물에 던져 버리고

세월이 떠날 때 아파하지 말고
다시 꽃 피울 씨앗 하나
심어 보자,
우리
인생 참 어려워

금징어

포항살이 울릉도살이 하다가
그보다 더 먼 길 떠났던
동해의 기생오라비
어렸을 땐 지천이라 소중한 걸 몰랐던
동해의 자랑거리

돌아오라 돌아오길 기다리며
어부들의 애간장 다 태우던 카멜레온
동해의 따뜻한 품 떠나
넓은 바다 돌고 돌다
손님같이 한 번씩
얼굴 내밀더니
얼씨구, 경사났네
성도 바뀌어 귀한 손님되어 돌아왔네
있을 때 잘해
풍족할 때 깨닫지 못했던
금징어 사랑
수조에 꽉 찬 금징어를 보는 이들이
훈훈하다

명태는 아주 가버렸지만
동해의 영원한 자랑거리
기생오라비 카멜레온
동해를 떠나지 마
지구를 뜨거워지게 만든
우리가 미안해
돌아오길 기다리던 어부들

금징어 돌아왔네
얼씨구,
경사났네

어려서 키우던 시의 텃밭을 참 오랫동안 묵혀두었습니다. 이름 모를 씨앗들이 날아와 싹을 틔우고 꽃을 피우며 열매를 맺는 그 긴 시간을 모른 척하고 살았습니다. 이제 정신을 차리고 둘러보니 하나하나 모두 정겹습니다. 시의 뿌리가 들려주는 소리 하나하나를 엮어 올리면 근사한 시어로 열매도 익어가겠지요. 다시 시를 쓰며 살아가는 노년의 시간이 참 행복합니다. 함께 시 쓰는 문우들의 이야기를 만나는 시간이 참 좋습니다.

김대흥

이천 부발면 출생. 신둔면 거주. 새시샘시낭송협회 회원. 한국교원대학원 고소설 전공. 초등교장 퇴임.

달팽이처럼

달팽이로 살아보고 싶다 했더니
그리 되었습니다
살덩이 눕힐 공간 하나만 주세요
어둠 헤쳐나갈 더듬이 한쌍만 주세요
그리 주셨습니다
낮은 부산스럽고 햇살은 교만합니다
밤길 한 줄만 주세요
시인들이 쓰다 버린 시어(詩語)가 있거든 그것도 제게 주
세요
느림보 달팽이라고 세상이 발길질 않게 해주세요
그리 허락하셨습니다
감사합니다
흔들리지 않고 느리게 걷고 있습니다
밤을 꼬박 새워도
말없이 곁에서 더듬이 세워 빛 밝혀 주는 달팽이가 있어
외롭지 않습니다
달팽이로 살고 싶었던 마음을 오래 사랑하겠습니다

오늘이잖아요

혼자서 먹는 늦은 저녁 밥상
건더기 하나 남지 않은 맑은 국 속으로 어둠 한 방울이 퐁
당 빠져든다
어둠은 길고 가늘고 둥글게 헤엄을 치면서 달빛이 되었다
나는 핀셋으로
하나씩
하나씩 어둠을 건져 올렸다

어둠은 핀셋 끝에서 찰거머리처럼 동그랗게 몸을 말았다
밤은 깊어가고
어둠은 더욱 단단해지고
창문보다 높은 골목길 위로 새싹처럼 소리가 싹트기 시작
할 무렵이면
새까맣고 단단하고 동그란 핀셋 끝으로 진통이 온다
반지하방을 온통 벌겋게 물들여놓고 어둠은 사라졌다
오늘은 어제가 되고
오늘이 되어버린 내일
혼돈 하나 달랑 남겨 두고

기름때처럼 졸음이 덕지덕지 묻은 아침 옷자락으로
소리 두 방울이 톡 떨어진다

유치원 가기 싫어요. 안 갈래요
어제, 내일은 유치원 들어갈 때 울지 않기로 약속했잖아
그런데 지금은 오늘이잖아요.

어쩔 수 있나? 꼭 안아줄 수밖에

동그랗게 데굴데굴 통통 자꾸자꾸 부딪히는 소리들을
나는 사랑으로
하나씩
하나씩
유치원 문 앞 신발장 위로 얹어주었다

막걸리 한 되

할아버지 심부름으로 들고 다니던 외상장부 수첩 속 '막걸
리 한 되'는
/////// 사선처럼
술 취한 졸병들을 사단급으로 거느리고 살았다

아버지 지게에서 쌀 한 가마니가 주막 마룻바닥에 털썩 내
려앉으면
'막걸리 한 되' 옆 술 취한 졸병들은 주막 뒤꼍을 향해 줄행
랑을 치는데
눈 동그랗게 뜨고 "지워주세요." 알사탕 아줌마 앞에 외상
장부를 내밀었다
내 입으로 쏙 들어오는 무지개 알사탕 한 알은 천국의 문
을 연다

내 유년의 거룩한 태산이 되어 준
술 취한 졸병들의 발자국 소리
내 유년의 아름다운 바다로 남아 준
술 취한 졸병들의 노랫소리
내 유년의 우주를 작은 별로 가득 채워준
막걸리 한 되 옆 술 취한 졸병들을 지난밤 폭우 틈에서 다
시 만났다
술 취한 졸병들과 막걸리 한 되를 나눠 마시고, 휘청휘청
빗길을 함께 걸었다
아버지의 쌀 한 가마니가 내려와 함께 걸었다

옹이 부처

지금은 사라진 수려선
플라타너스는
역전 가는 길가에서 기차소리를 먹고 살았다
철로 걷히는 소리가 밤을 꼬박 새운 날
옹이마저 삭아내렸다
아스팔트 대로에 밀려
기다림은 옹이가 되었다

옹이가 살았던 구멍에는
바람이 가득 찼다
바람만 가득 찼다

어느 날
바람마저 사라지고
도끼날을 앞세운 세월이
나무 기둥을 내리치려는 순간
미소 짓는 부처를 만났다

옹이 사라진 바람 자리에는 부처가 산다
세월이 고개 숙여 합장을 했다

플라타너스,
옹이에서
부처가 웃는다

어머니의 유월

플라타너스,
얼룩진 벽에 박제된 일력(日曆)이 웃는다
밤새 함박눈이 쏟아졌다고
하얀 개망초 묵정밭 지나가는 가난한 바람을 붙들고 웃는
다
썩은 기억의 지붕위로 질질 녹물 같은 침을 흘리며
허허로이 오늘을 웃는다
동굴 같은 자궁이 터져버렸는데
웃는다

단단히 키운 방울들이 홀씨 되어 훨훨 먼 산을 향해 날아
가던 날
플라타너스는 아무도 모르게
발밑으로 민들레 한 송이를 피워올렸다

살믄 살어진다고
가시 같은 토닥임에 피눈물 흘리며
낳고, 낳고, 두 번을 더 낳았다
넷은 자식이 되었다
끝내 생명으로 자라지 못한 둘이 자궁으로 돌아왔다
백 년 가까운 세월을 까맣게 태웠다

함박눈이 밤새도록 쏟아져 내리던 유월이 한 장
뒷산을 진달래가 붉게 물들이던 동짓달 하루 한 장이 더
박제되어 걸렸다
웃지 마라
욕하지 마라
죽음비늘 한조각 얻어보려고 웃음 팔며 놓아버린 정신줄
이다
울지 마라

유월도 동짓달도 아닌 구월 허리목에
웃음 팔아 얻은 죽음 비늘 한 장에
비늘보다 가벼워진 당신의 영혼을 올려 앉히고
엄마가 웃었다
구월도 박제되었다

구월이 쓰러진 자리에 유월이 피었다
만삭으로 얼룩진 플라타너스 나무기둥에 유월을 베고 누
웠다
이불바람이 불어와 눈을 감긴다
잎새 틈으로 솔솔 엄마손이 자장가를 부른다

불청객

시작은 그랬습니다
정오 무렵 삐걱 대문 틈새로 머리 하나 들이밀고는 목축이
게 물 좀 주세요
벌컥벌컥 물 한 바가지 들이키더니 두말 않고 대문 나서데
요
며칠 후 해거름에 나타나 눈 잠깐 붙이고 간다길래 마루
기둥 내어줬고
한동안 뜸하더니 별빛 등짐 무겁다길래 묵은 솜이불 내어
하룻밤 재워주고
그랬더니 아예 제집처럼 드나듭디다
제집인 양 안방 아랫목에 가부좌를 틀어버립디다
눈 흘겨가며 죄 없는 솥뚜껑 깨져라 여닫아도
못 본 척 못 들은 척 귀신이 따로 없습디다
절 싫으면 중이 떠난다고 내가 집을 나와버렸지요
서두르느라, 대문 틈새에 걸려 찢겼다고 우는 내 반평생을
모른 척 두고 나오며 울기도 엄청 울었습니다

남은 반평생을 끌어안고 무작정 걷다 보니 친정 골목길
그 골목 어디쯤에서 천둥 번개 만나 뒤통수를 맞고는 길을
잃었습니다
물 한 모금만 주세요
잠깐 눈 좀 붙였다 갈게요
하룻밤만 재워주세요

두고 온 줄 알았던 그 소리가 내 목을 조이며 낄낄 웃네요
찢어진 내 반평생을 걸레처럼 흔들어 조롱하면서
부르지도 않았는데 찾아와서
낄낄 웃네요

처음엔
잠깐 다녀갈 손님인 줄 알았습니다
나하고 별반 다르지도 않게 생긴 것이 비행기 근처도 못
가본 것이
어디서 외국물 주워 먹은 척
알츠 뭐라고 이름까지 꼬부랑글자로 홀랑 바꿔버리데요
싹수없는 줄 진즉 알았더라면
그냥 모질다는 소리나 한번 듣고 말걸
돌아보고 또 돌아봐도 내가 참 못났습니다

능소화

열흘 손녀 돌봄 마치고
지하주차장에서 배웅 받고
아파트 정문 벗어나는데
"엄마, 우리 들어왔어요."
뜸금없는 아들의 전화

그래,
엄마는 안다
속으로 속으로
능소화처럼
아들이 삼키고 있을
말 말 말

딸 셋을 출가시키고 작년 한 해에 손주 넷을 얻었습니다.
올해 제5회 가족음악회 때 바이올린을 연주해 보려고 연
습하고 있습니다.
일상이 음악과 함께라 행복합니다.

김신덕

하남 출생. 이천 거주. 새시샘시낭송협회 회원. 남편과 함
께『소울뮤직』악기점 34년간 운영 중. 시집 :『너 참 잘
살고 있구나』,『시가 골목길로 내려왔다』,『시를 골목길에
서 줍다』외 다수

엄마, 어찌 사셨소

열여덟 평안북도 새악시 멀대 처녀 가정을 이루고 딸을 낳
았다지요
기자인 남편을 만나 남한땅으로 넘어야 겨우 3년 병을 얻
어 먼저 가셨다지요
그 예쁜 딸 놔두고 어찌 가셨나요?
아버지 잃은 딸 소아마비를 앓았답니다
산 넘어 의사 찾아다니느라 별별 고생을 다 했답니다
삯바느질 재봉틀 농사 닥치는 대로 밤을 낮 삼아 얼마나
힘드셨을까요

몸 부서져라 일만 하셨겠지요
기름 빠진 기계처럼 삐걱삐걱 소리도 났겠지요?
엄마,
그 세월 어찌 사셨소?

눈을 감으면
깨밭에 엄마가 콩밭에 엄마가
고구마밭에 엄마가
당근밭에 엄마가
온천지 밭고랑에 엄마가 앉아 있네요

아버지의 양복

나 살기 바쁘다고
아버지에게 처음 사드린 그해 여름
아버지, 맘에 드는 거로 고르세요
흰 마이를 고르셨다
안 입어 본 흰색이지만
내 맘에 쏙 든다
아버지 목소리가 신이 나셨다

새 옷 입고 교회에 다녀오시더니
멋있다
젊어 보인다
어떤 딸이 사 주었느냐며
나 오늘 스타 되었다

아버지 목소리가 붕붕 떠있다
옷 한 벌로 큰 효도를 했구나
살아 계실 때 더 잘 할걸

너희들이 벚꽃이야

화
알
짝

엄마가 되어
처음으로 벚꽃 구경하는구나
방글방글 웃어주는 아이와
눈 맞추며 사랑을 나누네

너희들이 벚꽃이야
이 할미에게는

용천의 라일락

휠체어에 라일락 향기 가득 마당에 나왔어요
봄바람이 살랑살랑 흔들그네를 탑니다
강아지도 꼬리를 흔들며
어머니와 나를 반겨 줍니다

향기가 참 좋구나
보라색 라일락이 참 이쁘다
꼭 너 닮았다
우리 고향 용천에도 라일락이 많았지

라일락 향기 날리는 아침
휠체어 없이는 못 나가는
어머니 모시고
저 새처럼 훨훨

부부의 날

로또부부로 살고 있어요
아 하면 어 합니다
어 하면 아 합니다

말 안 듣는 사춘기 다행히도 잠깐으로 끝났어요
자기 일은 척척 잘 하네요
내 일도 척척 해주기를 가끔은 기다려 보지만
로또 당첨만큼 어려운 일이겠지요

그래도 이럴 때는 정말 멋져요
기타 메고 신나는 싱어롱 합창
클라리넷 연습하는 마당에서
손주 안고 피아노 치는 모습
연금 탔다고 맛있는 거 먹자네

당신 로또부부가 뭔지 알아?
몰라
마흔다섯 개의 숫자 중 여섯 개의
숫자가 한 줄에 맞아야 당첨인 거래
맞추기 쉽지 않겠지
응
우리 로또부부 맞지?
응
안 맞으면 좀 어때?
서로 부족한 것 채워주고
서로 허물 덮어주고
남은 생은 그렇게 살자

내 나이 여든넷입니다

소울뮤직 매장으로 노신사가 오셨습니다
내 나이 여든넷입니다
앉았다 누웠다 이제는 무력감이 왔습니다
색소폰을 배우려 하니 콩나물대가리를 몰라서 못해요
아코디언을 배우려 했는데
십 키로 무거워 못 한다네요
그래서
기타를 배워 보기로 했어요
나 할 수 있을까요?

마음만 있으시면 가능합니다
쉽지는 않습니다
손끝도 아픕니다
한두 달 해서 굳은살이 생겨야 합니다

3개월 전 아내를 먼 곳으로 여행을 보내셨답니다
말할 사람이 없어서
앉았다 일어섰다 반복만 하신다네요

어르신 응원합니다
가랑비에 옷이 젖는다지요?
매일 조금씩 연습하세요
얼른 연습해서 공연하러 오세요

힘을 주셔서 감사합니다
힘을 주셔서 감사합니다
내 나이 여든넷입니다

나누는 행복, 갑절의 기쁨

친구에게 카톡이 왔습니다
지내 온 일생을 회고하며 가장 후회하는 게 있답니다
바로 베풀지 못한 것에 대한 후회라네요
좀 더 주면서 살 수 있었는데
긁어모으고 움켜쥐어도 별거 아니었는데
왜 나누며 살지 못했을까?
베풀며 살지 못했을까?
참 어리석게 살았구나
가장 큰 후회라네요

심금을 울리는 메시지로 다가왔습니다
나이 많아 그때 후회하지 않으려면
지금 당장 실천해 보기로 하였습니다
내일이면 내 마음이 또 변할지도 모르니까요

오늘 민생지원금이 나왔습니다
연로하신 분들께 이 더운 여름 잘 이기시라고
소고기 등심으로 정했습니다
여보! 더 늙어서 후회하지 말고
우리 착한 일 합시다
당신 지원금 내 지원금 합쳐서
우리 나누는 기쁨을 해 봅시다

나누는 기쁨
갑절의 기쁨으로
돌아왔습니다

인생의 끝자락에서 시의 매력에 점점 빠져들고 있습니다.
부지런히 시집을 읽고, 떠오르는 생각과 메모를 자판 앞에
서 두드리고 있노라면 젊음 속에 있는 나를 찾습니다.
내 이름은 '은빛 소녀'랍니다.

김영숙

서울 출생. 45년째 이천 거주. 새시샘시낭송협회 회원. 초등
학교 42년 근무, 교장 퇴직 후 <경기 은빛 독서 나눔이>를
통해 책놀이로 아이들을 만나고 있음.

가시고기 아버지

신작로 걷다 잿빛 바바리 코드 입고 익숙한 베레모를 쓴 노신사가 눈에 훅, 들어온다 따라간다, 옆에서 살그머니 바라보면 아버지가 아니다 번번이 반복되어도 아버지는 아니다 아직도 비슷한 그 모습 눈에 보이면 재빨리 걸어가 옆 모습을 살핀다

악기점 지나다 기타에 시선이 머문다 해 저문 저녁 기타를 어깨에 메고 오신 아버지가 보인다 음악성 없는 큰딸 기 세워주려 낙원상가 지나다 사오셨다 감사해서 끌어안고 고마운 표현을 했어야 했는데 배시시 웃고만 말았다

눈에 보이는 가시고기 글자, 아버지는 가족과 많은 친지들의 가시고기가 되어 살았다 그 자양분이 우리를 살렸다 지금도 남겨 주신 힘으로 나는 산다 오빠는 세상에서 가장 존경하는 분은 아버지라고 한다

아, 부모는 미안한 것만 기억하고 자식은 서운한 것만 기억한다는 말이 나인 것이 두렵다 한참이나 부모가 되어 사는 이제 아버지께 못다 한 이야기는 천번 만번 미안 미안해요 계속 뇌인다

브레이크

아프리카 스프링 폭스 시속 80㎞ 집단으로 달리다가
절벽에서 함께 떨어진다
앞의 양은 뒤의 양이 미니까 뛰고
뒤의 양은 앞의 양이 뛰니까 따라 뛴다
그렇게 왜 뛰는지 어디로 뛰는지 모르고
그저 서로 달리다가 절벽을 만난다
멈출 수 없어 추락하고 만다

나도 엄청 달렸다
남들이 달리니 나도 달렸다
만난 절벽에 떨어지지 않았으니 다행
달리다 달리다 숨 고르기 하며 황혼 속에 앉아보니
새록새록 안타까운 지금 이 자리

그래도 자신 없는 브레이크 기능
이제는 정확히 멈출 줄 아는
최고급 브레이크를
햇살 맑고 투명한 삶으로 장착하고 싶다

인생사

핸들 브레이크 악셀
세 가지 중 한 가지라도 고장 나면 갈 길 못 간다
똑바로 가고 싶은 방향 안내하는 핸들, 돌린다
서야 할 때 정확히 멈출 브레이크, 잡는다
빨리 달릴 땐 악셀, 밟는다

셋 중에서 누가 누가 더 중요할까

잡히고 도망가고

세상에서 가장 먼 거리는
머리에서 가슴이라는데
기껏해야 30센티

지금까지
그림자 술래놀이를 하며
30센티 오간다

"나 잡아 봐라"
잡히는 그림자, 도망가는 그림자

둘 중 하나만 품으라 한다면
슬플 것 같다
술래놀이도 끝나가니

이렇게도 살아지네

은빛 소녀는 마법을 부린다지
큰 주머니 속 친구들 데리고 산다고 해

그림책 따라 코디한 가벼운 몸차림 등장하면 유치원 교실
이, 와와
그림책 친구 한 명씩 고개 삐죽 내밀면 탄성으로 흔들흔들
제일 예쁜 친구 찾고 있어요, 손짓에 쉿 쉿 조용조용
우리 다음에 다시 만나요, 안녕 뒤 달려 와 옷자락에 대롱
대롱
작은 손짓, 맑은 웃음 바람 스칠 때는 시큰시큰

요리조리 가위질 어깨를 짓누르지만 포근한 행복이 반짝
이고
컴퓨터 바닷속 구경으로, 침침한 눈 틈 사이로 놀라움이
새록새록
글루건 녹인 고무에 앗 뜨거워, 깜짝 순간순간도 생생한
삶 조각조각

특별한 희망이 찾아왔다
비 온 후 맑아진 하늘처럼 마음은 투명하게 빛난다

은빛 소녀 걷는 길
한가득 감사 바구니 입 맞추며 속삭이는 말

이렇게도 살아지는구나

은빛 꿈

동화책 속 꿈의 궁전을 좋아하는 줄 알았습니다
부잣집 담벼락도 좋아하는 줄 알았지요
나에게 묻어오는 꿈을 기다리며
그 앞에 한참 서 있었습니다

용인자연농원 장미를 설레며 기다렸습니다
떨림 속으로 흠뻑 물들어보고 싶었지요
애틋한 낭만의 감미로움을 그리며
그 안에서 발이 저리도록 걸었습니다

뿌리로 물을 움켜쥘 수만 있다면 어디든 좋아합니다
거친 담장도, 아파트 화단도, 공원도
오월이 다듬어질수록 감당 못할 기쁨 앞에
향기가 탐나서, 정신없이 기다리며 머뭅니다

내 나이만큼 한 다발을 손에 쥐고 싶어집니다
송이 송이마다 새겨진 시간, 웃음, 눈물
스물, 서른, 마흔, 쉰, 예순, 일흔 ·····
손안에서 길이 열리는 은빛 꿈을 듣습니다

은빛 소녀 걷는 길

소품은 모두 바깥으로 나와 있었습니다 아버님 방의
젊은 며느리는 지저분하다며 속으로 핀잔을 퍼붓고
대충 정리하려 하자 그냥 둬, 괜찮아 말리셨지요

딸아이는 엄마집 물건들이 밖에 버려진 것만 같다며
안달합니다
내가 정리할게! 수시로 조르지만
아니야 보여야 편해, 괜찮아 말립니다

반가운 얼굴에 떠올라야 할 이름이 머뭇거려지면
기억의 서랍을 열어도 열리지 않습니다
찬장 위쪽 칸은 손이 닿지 않아 텅 비어가고
손쉬운 높이에만 물건이 차곡차곡
싱크대 아래 장롱 맨 밑 칸도
굳이 깨끔발 들지 않고
허리 굽히지 않아도 되니
참, 그게 좋아요

후회 많았던 젊은 날은 부끄럽기만 합니다
느린 걸음으로 곱씹는 지금은
후회마저 줄어들어
그게 다행이다 싶지요
예전엔 내 소망이 무엇인지 잘 몰랐지만
이제야 비로소 하나의 소망을 만났습니다
사느라 상상도 못했던 일 바로
글을 쓰는 일이지요

변하는 계절 속 내 인생의 겨울이
지난 세월 이야기와 마주하길 기다려온 것 같아요
너무 오래 기다릴까 두려워
'글 길'을 함께 걷는 이들을 찾아
은빛 소녀, 새 흐름을 품고 한 걸음 내딛습니다

긴 여름이었습니다.
산다는 일, 장마를 닮았습니다.
가끔 드러나는 하늘에 빨대를 꽂고 숨을 들이마십니다.
굳었던 폐부가 부드러워지고 그때마다 감사의 기도를 드
립니다.
저무는 해가 가슴 벅찹니다.

백현실

서울 출생. 이천 신둔면 거주. 새시샘시낭송협회 회원. 독
서토론 수업 진행. 그림책 수업 진행. 계간지『창작』수필
등단. 창작수필집 :『빨래건조대』등.

더 일찍 외계어를 배웠더라면

넌,
나랑 안 맞아
무엇이 잘못된 걸까
끝없이 묻고 물어도
답을 알 수 없다

버튼 하나하나를 천천히 누른다
신호음이 진저리를 친다
끝내 만나지 못한 목소리
곱은 손가락보다 더 차가운 마음
속내를 알 수 없어 흔들리는 눈빛
그리고
너의 부재가 불러오는 허기짐

종로서적을 적시던 비발디의 사계
정동길의 샛노란 은행잎
정독도서관 매점의 우동
후암동 골목을 오르던 가쁜 숨소리
한낱 꿈처럼 덧없다

아주 오랫동안 너를 향해 눈을 흘겼다
세월 속 네 얼굴마다 빨간 스티커를 붙였다
시간이 다리를 질질 끌며 절뚝거린다
기어이 너를 잃고
겨울 바다 위를 맨발로 걸었다

너

긴 겨울을 달려와
사랑을 펼쳐놓는 자리마다
하이얀 빛으로 남실거린다

두근두근
온통,
벚꽃으로 눈부시다

부부의 날

첨벙, 흘긴 눈이 우물 한가운데로 직진
가슴을 후비고
첨벙, 비뚤어진 입술로 뾰족한
자음과 모음 쏟아 부어도
당신
말없이 삼킨다

두 손으로 귀를 막고
더 큰 손으로 감싸는 당신에게
침묵
내 상처는 삼 도 화상
아픔은 작은 찰과상이라 우기며
무심하게 얼굴 묻는다
쿵쾅쿵쾅 망치질하면
다가와 등 쓰다듬는
그 손길 밀어내며 먼 하늘 본다

태양은 서산 넘으며 허리 두드리고
이마에 그어진 상흔,
굵고 진하다
이팝나무꽃보다
더 뽀얗게 분 발라주고 싶다
그렇게
당신을 안아주고 싶다
오늘

엄마

능소화가 한창이다
당신이 좋아하시는 주홍빛은
칠월 무더위 속에서도 여전히
도로의 방음벽 뒤덮으며
황혼처럼 물든다
찬란하다

참 곱다,
고개를 돌려 오래도록 뒤돌아보던 미소
사라진 그 길을 달려
병실로 들어선다
해주는 것도 하나 없고 종일
누워만 있는데 뭐 하러 여기 있냐
짜증이 드레드레하다
집에 갈란다, 그냥저냥 움직일 만하다
아직 뼈가 안 붙었어요
하나마나 한 말들이 비껴가고
눈동자 흔들리며 깊은 한숨 뒤따른다

또 올게요
힘들게 뭐 하러 자꾸 오니
삼십 분 남짓 들여다본 얼굴을 놓고 나오는 걸음
달창난 난닝구 같다
성마르게 달궈진 아스팔트 위
지렁이처럼 꿈틀대는 사람들 사이로
병원 담벼락 한 귀퉁이
능소화,
참 곱다

당신이 내게로 온 날

그때였습니다
텅 빈 자리에 남겨진 이름을 보며
울고 싶은 날,
고무나무의 가지를 꺾고 진물 흐르는 것을 보며
같이 울던 날이었습니다
비 내리는 길을 우산 없이 걷다가 함께 했던
카페 앞에서 젖은 걸음으로 서 있던 날이었습니다
무작정 버스를 타고 휑한 종점의
익숙하지 않은 풍경에 마음을 내려놓습니다
마음먹은 대로 마음은 내려지지 않았고
조막손처럼 자꾸 움츠러들던 날이었습니다
낡은 카페에서 쓴 커피 한 잔 마시고 돌아오는 길
차창에 비친 저녁놀이 붉게 멍든 날이었습니다
그렇게 하루가 한 달이 일 년이
지나는 날이었습니다

불쑥,
내민 손에는 아지랑이의 따스함이 피어납니다
크게 벌려 웃는 얼굴 위로 햇살 눈 부십니다
흔들림 없는 눈길 너머로 길게 이어진 길이 선명합니다
함께 걸으며 연신 꺼내어 풀어놓는 이야기들이
바람 타고 내게로 달려옵니다
노오란 알전구 같은 말이 따스해서
당신을 들여다보고 싶어집니다
마침내

사랑, 참 품 많이 든다

　저녁부터 계란을 삶는다 덜 익었다 허둥지둥 전자레인지
에 넣고 돌린다 나물 볶고 있는데 느닷없이 펑펑 폭죽이
터진다 눈치 없이 날아올라 사방에 붙어있는 파편의 등짝
을 때려주고 싶다 어느새 얼굴은 벌겋게 달아오르고 등은
후끈후끈하다 허옇게 김 오르는 냄비뚜껑 열고 젓가락으
로 감자의 몸을 찌른다 쑤욱, 머리부터 똥꼬까지 부드럽게
관통한다 잡아먹기 딱 좋다 마구마구 으깨어 난도질한 계
란과 섞는다 양파를 다지는데 왜 이렇게 눈물이 날까 양파
는 신파의 대가다 눈물을 찔끔거리며 마요네즈와 소금과
후추를 넣어 부드러움과 짭짤함과 화끈함을 뒤섞는다
　나 먹자고는 이 짓 안 할 텐데 두어 시간을 미친년 널뛰
듯이 물과 불과 칼과 업어치기 한 판 했다 삭신이 쑤신다
　새벽, 모닝벨이 울린다 떠지지 않는 눈꺼풀을 밀어 올리
며 모닝빵을 가른다 잼 발라 고단함을 녹여주고 감자계란
샐러드로 든든함을 채운다 도시락통에 다소곳이 앉아 웃
고 있는 점심

　사랑, 참 품 많이 든다

그대가 나를 살게 했다

녹슨 대문을 열고 들어서니 맞아주는 건 찬바람뿐 달과 가까운 산비탈 동네에서 궁색함에 찌든 집들을 할퀴며 북풍이 머물러 있다 온몸을 사시나무 떨듯 흔들며 차가운 마음에 입김 한 번 얹어준다 반만 열어놓은 연탄 아궁이의 숨구멍에도 가난의 내음이 찐득하다

잠들어 있는 틈새로 몸을 구겨 넣는다 다섯 식구가 꼭꼭 붙어 체온을 나누어도 바람이 몰고 온 허름함에 판잣집은 늘 시리다 식당 설거지에 부르튼 엄마의 앓는 소리가 사늘하게 흐른다 하루를 힘겹게 살아 낸 이의 궁핍한 노래처럼 아버지의 등이 초라하다 풍 맞은 반쪽으로 무너진 삶을 주워 올려보지만 남루한 몸짓은 자꾸 쇠락해간다 식은 밥 넘기는 목울대에서 바람이 꿀렁거린다 놓을 수 없는 가쁜 숨으로 차가운 세월을 건넌다 기울어진 생에 나의 어깨를 내어주며 두 다리에 힘을 준다

그대가 나를 살게 했다

낮에는 무더위가 기승을 부리지만 아침 저녁으로 시원한 바
람이 불어옵니다.
나무들도 휴유 한숨을 내쉬고 다가올 가을을 기다립니다.
나이는 들었지만 남은 시간을 새로운 것에 도전하는 마음으
로 모든 것을 사랑하며 살아가렵니다. 우리 모두 희망찬 가
을을 맞이하시기를 기도합니다.

엄성순

보험회사 지점장 29년 근무. 『소통과 힐링의 시』 등단.
시집 :『꽃길은 우리가 만드는 거야』, 『우리 걷는 이 길이』
등

작은 꿈

오늘도 새로운 날
태양은 스스로를 태워
모든 이들에게 희망과 용기를 주고
내가 힘들 때 괴로울 때도
환히 웃어주면서
괜찮아 괜찮아 속삭였지

살아가면서 세상은
만만치 않음을 이야기하면
지식과 학력이 전부만은 아니라는 것
거기엔 꼭
인성이 갖추어져 있어야 한다는 것
아들아!
존중과 배려가 항상 중요하단다

꿈은 있어야 하지만
원대한 꿈만 꿈인가
작은 일부터 차곡차곡 가다 보면
꿈은 이루어 진단다
꿈은 혼자만이 아니라 반드시
누군가의 도움으로 이뤄질 때
더 크게 이뤄진단다

오늘 나도 작은 꿈을 이루기 위해
시창작교실에 가고 있다
미소를 지우며
꿈은 작은 것부터
시작이라는 것을 되새기면서
사람 속으로 가고 있다

황혼의 행복

오늘은 바람이 조금씩 불어 춤추듯 눈이 흩어져 내립니다
삼월이 되었는데도 눈이 내려 마음 한 구석은 왠지 쓸쓸합
니다
오후 세 시가 넘어 자랑거리인 숙제를 쓰려고 연필을 들었
으나 좀처럼 생각이 나지를 않아 어린 날을 불러 보았습니
다
워낙 숫기가 없어서 그런지 에이형이라 그런지 오빠 밑에
서 엄하게 자라서 그런지 나서기를 별로 좋아하는 아이가
아니었습니다

다른 친구들의 발표만으로 만족해 하였습니다
그러나 선생님들은 칭찬을 많이 해주셨습니다
어린 나이에도 남에게 배려하고 양보한다구요

연두가 푸른 녹색으로 오색단풍으로 변하는데도
기본적인 사람의 성격은 변함이 거의 없는 것 같아요

내가 근무하던 창전동 사무실에 들렀습니다
사무실 이전할 때 들어왔던 행운목이 잘 자라고 있었습니
다
어느 날 이곳에서 나도 푸른 꿈을 꾸던 그때가 생각납니다

애수

그냥 봄이 왔으면 좋으련만
봄볕에 고개를 내민 새싹들은
밤새 내린 눈 속에서 달달 떨며
따뜻한 햇볕을 기다리고 있었습니다
따뜻한 사랑속에 새싹들은
눈석임물로 기지개를 켜고 있습니다

강원도 철원 겨울 어느 날입니다
냇가로 어머니가 빨래를 가시면
졸졸 따라 나섰던 십이세 소녀가 있었습니다
차가운 개울물에 맨손으로 빨래하시는 어머니가 안타까워
집에 가라는 말씀도 못 들은 채
옆에 앉아서 손을 비비며
어머니의 얼굴을 만지작거리고
녹여드렸던 마음이 착한 소녀가 있었습니다
고무장갑도 세탁기도 없던 그 시절이었지요

소녀는 지금도 그 냇가에서 빨래를 하는
어머니가 계시는 것 같아
그냥 지나칠 수 없어
차를 세우고 한참을 서 있다가
불러봅니다
어머니를 사랑한다고

추위에 얼어붙은
어머니의 눈물이
눈석임물이 되어 흐릅니다

길은 다 있는 거야

배낭을 메고 나섰다 며칠 운동을 안 했더니 근육이 스르르
다 빠지는 것 같아
오늘은 한 시간 이상 걷는다는 각오로 건널목을 건너 친한
언니를 만났다 지금 운동을 나왔다며 같이 가자고 하였다
안 가던 길로 한번 가 볼까요?
사차선이 생긴 초등학교를 지나서 산길로 들어섰다 언니
는 산길이라 무섭다고 하셨다 뭐가 무섭냐고 나는 큰소리
쳤다 걱정 마시라며 길을 얼마쯤 가다보니 웬일?
새로운 길이 생기며 옛날 길들은 간 곳이 없고 개들만 컹
컹 짖어댔다 이쪽으로 가면 길이 끊기고 저쪽으로 가면 집
들이 지어져 있고 한참을 헤매다 보니 힘이 빠졌다

때마침 양지바른 곳에 산소가 있어 둘은 큰 대자로 누워
숨을 내쉬었다 한참 눈을 감고 있다가 하늘을 보았다 다정
한 얼굴로 눈을 찡긋 감으며 말했다
힘들지?
걱정하지 마, 바보같이
길은 다 있는 거야!

하늘은 여전히 푸르고 맑고 깨끗했다 하얀 쪼각달이 웃고
있었다

순리대로

이른 봄 앞동산에 진달래도 피고 할미꽃도 피고 창공에 빛
나는 별처럼
넘어져서도 빛나는 별이 되기를 소녀는 바라고 또 바랐었
지. 그러나 칠십 년이 지난 세월 느릿한 바람은 창가를 스
치고 세월이 지나간 주름진 손, 얼굴에는 수많은 사연을
지닌 채 잔잔한 미소만 흐를 뿐….

내 직업이 나에게 어울리지 않는다고, 사람들은 선생님이
딱이라고, 그러나 이십구 년이란 세월을 영업지점장으로
일했으니 내가 생각해도 대단하다는 생각이 든다. 매주 매
월 이어지는 보고와 마감을 치러야 하니 때론 어렵고 힘들
지만 최우수지점장여왕, 신인여왕을 만들 때의 기쁨, 스릴
은 하늘을 나는 듯

인생은 만들어 가는 것보다
태어날 때 이미 만들어진 것이 아닐까?
운명을 믿는 것은 아니지만
순리대로 사는 것이
중요하다고 와닿는 나날들
나 같은 순디기가 영업지점장으로 일생을 살았으니
나도 모르게 이 자리로 찾아왔으니….

기다립니다

훈풍이 불어옵니다
소나무는 미소로
답합니다
물 위에 비친 자신의
모습을 보며 마냥 행복했습니다

그러나 훈풍이 지나간 후
싸늘한 바람이 불어왔습니다
옷깃을 스몄습니다
물속에 비친 자신의
무표정한 모습을 봅니다

눈이 내리고 강풍이 불어왔습니다
소나무 가지와 잎새들은
떨어지지 않으려고 애써 봅니다
춥고 시린 이 계절을
이겨내고 훈풍에 미소짓던
그 옛날을 생각하면
그래도 행복합니다

그날의 행복을
오늘도
눈 꼭 감고
기다립니다
손꼽아 기다립니다

귀한 손님

초등학교 시절 안방에 왠 군인 아저씨가 앉아있었습니다. 알고 보니 큰집 사촌오빠였습니다. 육이오 때 잃어 버렸다던 오빠가 물어 물어 찾아왔답니다. 피난처에서 부모도 잃고 갈 곳이 없어 고아원에서 자랐답니다. 순이 아버지 어머니가 그렇게 찾았는 데도 찾지 못했는데 찾아 왔으니 얼마나 다행이고 반가웠는지요.
오빠는 순이를 몹시 귀여워 했습니다. 갖고 싶은 것이 뭐니 하고 다 사주시고 같이 놀아 주었습니다.
그후 결혼도 하고 아들도 둘이나 낳았습니다. 돈 벌러 중동에 갔다가 이 년 만에 돌아왔으나 몸이 굳어지는 희귀병으로 누워살아야 했습니다. 병세가 악화되어 이십오 년을 누워있다가 소나무 그늘에 묻혔습니다.

계절이 지나가는 여름 길목, 하루에 한 송이씩 핀다는 일일초가 바람에 마냥 흔들립니다. 창가 연두색 버티컬은 뚝뚝 뚝 소리를 내며 바람 부는 입추의 운치를 더욱 자아 냅니다.
처음 본 오빠의 모습이 그려집니다. 건강하고 둥근 얼굴에 하얀 피부로 미소 짓던 멋진 군인이었습니다.
순이도 언젠가는 떠나가고 누군가에게 어떤 모습으로 남겠지요.

시를 알고 시를 쓰면서 알아도 알아도 알 수 없는 시의 세계가 주는 안타까움도 있지만, 시 세계에 빠져서 함께하는 시간이 즐겁고 하나하나 깨우침을 통해 알아가는 행복함이 있어 감사할 따름입니다.

오성순

충남 온양 출생. 이천 중일동 거주. 새시샘시낭송협회 회원. 25년 보험회사 근무.

시작(詩作), 시작

시를 쓰려 하는데
산문이 나오고
시를 쓰고자 하는데
일기가 펼쳐지고
시를 써놓고 보니
설명문이 되고

어찌할꼬 어이할꼬
어드메 숨어서
애간장을 태우는지

시야 시야
솟아 나와
세상을 향해
날아 보자꾸나

갈등하며 선택하며

우리는 살면서 끝없는 갈등으로
어우르며
생각 속에서
분별함에 있어서
삶 속에서
무엇을 취하느냐에 따라
인생이 달라지곤 하죠

갈등하며 선택하는 것이
얼마나 중요한 것임을
지난 후에나 알게 되니

지혜롭게 산다는 것은
어떠한 가르침입니까

무수한 갈등이 모여
존재의 삶이 되고
인생 여정에 순간 순간
복과 화로 다가오는
갈등에서 오는 진리를
우리로 알게 하소서

내일

그대는 영원히 잡히지 않는 손
꿈도 주고 희망도 주지만
만날 수 없는 상사화 잎과 꽃처럼
아스라이 먼 발치서 부르고만 있네
그대 만나려 달려가 보지만
잡을 수 없음이여
안타까운 마음만
그대 따라 향할 뿐

언젠가 행복한 삶으로
매듭지어 오시려나
기다림의 끝에서
활짝 웃어 주시려나

나는 나대로

깨끗하고 하얀 도화지
혼의 세계에 여백을 메꾼다
무수한 글자들이 춤추듯 흩날리는 단어들
하나하나 정리하여
한 자 한 자 생각을 마음을
꾹꾹 눌러 삶을 노래한다

남들과 같이 태어나
공부하고 직장생활하며
때가 되니 결혼도 하고
아이 낳고 엄마 노릇 딸 노릇
아내 노릇 며느리 노릇
하다 보니 가버린 세월
꿈도 많고 상상의 나래도 펴고
자국 남기고파 산 삶이었는데
아직 이루지 못한 꿈이
마음을 갈증나게 합니다

누가 뭐래도
나는 나대로
이 세상을 사랑하며
노래하며
행복하게

인생

재방송도 없고 연습도 없이
생방송으로 보여지는
아슬아슬 외줄타기
조심하지 않으면
힘들고 어려워져요

오늘도 주인공 되어
휘황찬란 조명 아래
박수갈채를 기대하며
달리구만 있구나

아이쿠,
그것만이 아니란다

보이지 않지만

하루살이와 잠자리
나비가 즐겁게 노닐고 있습니다
내일 또 보자 인사하는데
하루살이는 내일이 뭐야?
세월이 지남에 잠자리도
나비 곁을 떠나고
심심해하던 나비 곁에
제비가 찾아왔습니다
많은 날들을 함께 보내던 중
제비가 말하길
우리 내년에 다시 만나자
나비는 생각했습니다
내년? 내년이 뭐지?
누군가에게는 보이지 않는 곳
알지 못하지만
존재하는 것

열 달 뱃속의 태아가
그곳이 전부라고 생각한 어느 날
또 다른 세상 밖에 태어나듯
우리 육신은 이 땅에서 살면서
죽으면 모든 것이 끝나는 것이라고 말하지만
영혼은 영원히 산다 하는데
보이지 않지만
하루살이나 나비같이
자기가 아는 세계가 전부인 듯
오만한 생을 살지 않기를

지나감

그렇듯 고통속에 몸부림치며
갈 길 몰라 애태운
시절이 있었습니다

온 세상이 외면한 듯
홀로 있는 것처럼
진통의 산고가 온몸을 휘저을 때
그때는 나만의 아픔인양
어둔 터널을
배회하며 헤어날 줄 몰랐습니다

이제는 그 아픔이
새가 알을 깨고 나오듯
새로운 세상에서
감사와 행복을 노래합니다

생각과 관점에 따라
모든 것들이 달라 보이듯
대장간의 연단이 주는
단단함은
인생이 무엇인지
이제는 조금은
알 듯한
세월이 되었습니다

좁쌀만한 근심도 시간이 지나면 호박덩이처럼 부풀어 오
른다. 매사를 부정적으로 보기 때문이 아니겠는가?
괜찮아, 괜찮아!
작은 행복도 큰 산이 되도록 부정보다는 시를 통한 희망을
노래하는 삶을 살아가야겠습니다.

오재준

경북 고령 출생. 이천시 증포동 거주. 새시샘시낭송협회
회원. Simmons 침대 임원 역임. 『소통과 힐링의 시』 등단.

걷다 보니

앞만 보고 걷다 보니 어느새 황혼이 붉게 물들어간다
쳐다보니 아득하던 고갯마루에서 내려갈 일만 남았다

앞만 생각하고 한 발 한 발 걸었다
걷다 보니 진흙탕에 빠지고
길을 잘못 들어 돌아가기도 하고
때로는 탄탄대로를 만나 쉽게 가기도 하고
지나온 길이 험하고 위태로워도 용하게 잘 극복하여 왔다

뒤돌아보면 모두가 나의 발자취
그 또한 아름다운 추억이 아닌가
다시 시작해보고 싶어도 돌아갈 수 없는 섭리

앞만 보고 걷다 보니 어느새 황혼이 붉게 물들어간다
쳐다보니 아득하던 고갯마루에서 내려갈 일만 남았다

신호등이 된 아내

아이가 휴학을 하고 입대했다
의무경찰 지원을 하여 찬바람 쌩쌩 부는 12월 훈련소에
입소했다
부대 앞에 내려주고 오는 내내 아내는 훌쩍인다
경찰학교 교육을 마치고 운 좋게 집 근처 경찰서 교통경찰
관으로 배치를 받았다
아내는 근무는 경찰서에서 하고 식사와 잠은 집에서 하면
된다고 환호한다
군 생활이니 집에 올 수도 잠을 잘 수도 없다는 것을 알고
실망이 크다

이때부터 아내의 중요한 일과가 생겼다
아침부터 아이가 근무하는 시내 사거리 도로에 나가 먼발
치에서 바라보고 있다
밥은 먹었는지 차들이 많이 다니는 도로 한가운데서 위험
하지 않은지 잠자리는 어떤지 노심초사다
남들은 군대 간 아들 면회 간다고 큰맘 먹고 하루 종일 달
려 잠깐 보고 오는데
집 밖에만 나가면 언제든지 볼 수 아내는 무슨 걱정을 하
느냐 해도 오늘도 사거리 도로에 나가 신호등과 누가 더
오래 서 있나 시합을 한다

어머니의 보리밥

대청마루 시렁 위 대바구니 속 삶은 보리쌀이 삼베 보자기
속에 수북이 쌓여 있다
밥을 먹으면 입안에서 맴돌아 넘어가지도 않는다
이 보리밥 언제 먹지 않을는지 밥때만 되면 고역이다

새싹이 돋고 들녘아지랑이 피어오르면 보릿고개의 시련이
시작된다
장리쌀을 구해 허기진 배를 겨우 연명하고 가을이 되면 배
를 더해 갚아야 하는 지독한 가난이 반복되는 시절이다

우리 어머니 이 시기만 되면 못자리할 씨앗벼까지 탈탈 털
어 쌀을 장만 가마솥 보리쌀 속에 쌀 한 줌 넣어 밥을 짓고
할아버지를 극진히 모셨다
어머니에게 외동아들 보리밥 한 줌은 그냥 보리밥이 아니
었다

요즈음 쌀을 먹지 않아 쌀값이 떨어진다고 농민들이 아우
성이다
건강에 좋다고 보리밥을 먹지만
그 옛날 입안에 맴돌던 어머니의 보리밥이 왜 이렇게 그리
운지

무질서의 조화

하얀 모래사장에 따스운 햇살이 뒹굴고 있다
하나같이 자신의 개성을 뽐내고
육신을 과감하게 벗어던지고 서로 경쟁을 한다
다소곳이 앉아 있는가 하면
우뚝 서서 사방을 경계하기도 한다
지난 밤 한잔 술이 덜 깬 모양인지
서로 빗대어 누워 있기도 하고
무엇이 서로 안 맞는지 머리를 맞대 다투며
내가 예쁘지?
하얀 얼굴 거울 보며 미소 짓는다

같은 모양은 없다
이유 없는 반항도 없다
나름 생긴 대로 자신을 과시
그래도 질서와 조화가 있다

멋대로 생긴 것들이 하나의 형체를 만들면
자신을 보호하는 수호신으로
소꿉놀이하는 아이들의 놀이터
연인들의 데이트 코스
황혼의 고즈넉한 산책길이 되기도

정형된 것만이 아름다움이 아니라
무질서가 더욱 빛나는 조화로움도 있다

엄마 생각

찬 바람만 불면 얼굴에 마른 버짐이 피어난다
우리 엄마
가마솥 밥 지을 때
싸리나무 땔감에서 진액이
나오면
손가락에 묻혀 얼굴에 발라
주셨다
찐득찐득하고 따가운 게 싫어
싸리나무 불길만 보면 줄행랑쳤다

눈물 나는 매캐한 향기
반들반들한 까만 솥
따가운 싸리나무 진액마저

마지막 부탁

오빠가 보고 싶다
아내가 눈시울을 붉힙니다
토요일 현충원에나 갔다 오지
아내를 달래 봅니다

아내에게는 세 살 위 오빠가 있습니다
동생에게는 한없이 자상하고 어려운 사람들 일에는 발 벗
고 나서며 대인관계가 원만하고 마을금고 이사장도 한 지
역의 마당발입니다
오빠가 월남 갔다 오면서 세이코 시계를 사 왔는데, 얼마
나 예쁜지 친구들의 부러움 대상이었는데, 그 오빠를 볼
수 없다 하면서 우울해 합니다

나에게도 추억이 있습니다
말은 없어도 한없는 믿음을 준 사람
아파트 구입할 때 큰돈을 선뜻 대출해 주어 쉽게 해결하고
그 튼튼한 사람이 일흔에 영면했습니다
젊은 시절 파병 후유증으로 신장투석을 하다 하늘나라로
갔습니다
내 손을 꼭 잡고 눈시울 적시며 동생 잘 부탁한다는 말을
마지막으로 이별했습니다
걱정하지 마세요 내가 잘 보살피겠습니다
나도 두 손을 꼭 잡았습니다

현충원에 들러 아무 탈 없이 잘 살고 있다고 인사라도 드
려야겠습니다

호박꽃

젊은 아가씨 보고 호박꽃처럼 예쁘다고 하면 얼굴을 붉힌
다
아내에게 호박꽃처럼 예쁘다고 하면 그냥 덤덤하다

아침이슬 머금은 암호박꽃 밑동에
솜털 보송보송한 아기호박이 달려있다
아내에게
오늘은 애호박을 따올 것이라
한껏 자랑을 하고 텃밭에 갔다
호박이 없다
감쪽같이 사라졌다
호박전 해준다는 아내에게 뭐라고 하지

호박꽃만 아름답게 벌 나비를 유혹하니
호박은 따지 못하고 꽃만 한송이 갖다 주었다
예쁘지 당신처럼

빈손인 나에게
호박은 덩굴 아래를 잘 보아야 한다며
그럼 그렇지 한다

시는 자신을 되돌아 보는 거울이다.
한줄 한줄에 걸어온
발자취와 사유가 녹아 있어
몸가짐을 다시 한번 추스르게 한다.

이기정

충남 서천 출생, 이천시 도자예술마을 거주. 새시샘시낭송
협회 회원. 이천도자예술사업협동조합 상임고문. 하이데
거문학상(신문예), 우주문학상(한국국보문학). 대통령표창
(중소기업유공자)

나만의 길을 걸으며

남보다 앞서려 서둘러 가다
미끄러지고 넘어지기도 하며
뒤돌아보니 빈 가슴만 덩그러니

더 늦기 전에
나만의 향기를 피우기 위해
오늘도
묵묵히 걸어가야 하지 않겠는가?

아버지

시골 마을 삼십대 홀어머니의 외동아들
손에 흙 묻을까 발이 시릴까 품속에 안아 키워
남들은 초등학교 문 앞도 못 가는데
유학으로 사범학교 마치고 초등학교 선생으로
홀어머니의 한을 풀어드린 듯

6.25광풍이 지나며 남기고 간 상처로
면사무소 임시직원으로 전락
음주로 한을 삭이듯 방황
다시 어머니 가슴에
지워지지 않는 멍울을 새기더니
교사 복직으로 다시 태어난 듯
뒤늦은 효심으로
기약 없는 노환으로 누워계신 어머니
병간호에 온 몸을 던져
혼을 태우던 아버지

스치듯 지나던 세월이 알코올 치매를 뿌리고 가
요양병원 신세 주말에 모시고 식당으로 가면
천진난만 소년이 되어 소주 한잔 달라고 보채
빈 병에 물을 채워 정성스레 한잔 올리면
단숨에 마시고 한 잔 더 따르라며
소주잔 내밀며 흡족해하시던 그 모습

끝내 이기지 못하고 중환자실에
눈 감고 누워 산소 호흡기의 의지
아버지 어서 빨리 일어나세요
간절한 아들의 염원도 못 들은 척
가신다는 말 한마디 없이 떠나셨지요

자식 핑계 회사 핑계
편안한 노후의 여행길
함께 못한 불효 자식
용서를 빕니다

어머니

안방에 누워 산통에 신음하는 며느리 옆에
가마솥에 물 데워 대야에 떠다 놓고
출산을 거두는 산부인과 명의

독자 집안에 하나둘 두 살 터울로
아홉 명의 손주들을 시어머니 품에
안겨 드린 고마운 며느리

산후 삼 일째 되니 누워만 있는다며
게으르다는 시어머니 잔소리에
혼잣말로 고통을 삭이며 마지못해 부엌으로

딸 하나는 태어나서 몇 달 후
셋째 딸은 여고 재학 중 떠나가고
남은 칠 남매 홀시어머니 시집살이
견디며 잘 키워 낸 억척스러운 아낙네

명절날 손주들 올망졸망 앉혀 놓고
우리 집안 교수 하나 나오면 좋겠다
셋째 아들 교회 나가는 것 보고
떠나야 하는데 노심초사하시다
소원 못 이루고 떠나셨지!

밤낮으로 하늘 어딘가에서
애타게 소식 기다리시던 어머니
넷째 손주 교수 되고
머리 허연 셋째 아들 세례받았다는
천사들의 귀띔에 이제야 됐다며
끝없는 행복 여행 떠나시겠네!

억세게 운 좋은 늙은이

한여름 충청도 시골집 마루
할머니 팔을 베고 단잠에 빠진
네 살 손자에게
따발총 든 인민군 병사들이 닥쳤습니다

"순경 집이 어디냐?"
손자를 향한 총부리에
이웃집을 가리킨 할머니 손끝 뒤로
잠시 후,
요란한 총소리가 들려왔습니다

개구쟁이 시절 홍역을 시름시름 앓는데
쥐고기가 특효라는 말을 믿고
아버지가 사랑방을 봉쇄해 사냥한 쥐를
푹 고아 먹었답니다
기운이 돌았는지 살아났습니다

아침저녁 지긋지긋한
무 콩나물밥
점심 굶기 일쑤
고구마로
그 시절을 버텼습니다

36개월에서 줄어들다가 1·21 사태 이후
다시 늘어난 군 복무
34개월 10일을 무사히 마치고
V자 훈장이 반짝이는 육군병장으로 제대했습니다

배움과 직장 사이에서
코피 쏟으며 휴일도 반납하고
무임금도 마다하지 않았습니다

고된 삶을 버티다 쓰러져 병원으로 긴급 후송
침대에 눕자 온몸이 하늘로 오르는 짜릿함을
느끼는 순간 생애 처음 의식불명

얼마가 지났는 지 눈을 뜨니
의사 간호사 구슬땀 흘리며
온몸을 주무르고 있었습니다
죽음이란 잠깐 자고 난 기분

힘들었으나 보람도 많았습니다
임원 딱지 하나 붙이고
오십 년 직장 일흔여섯에
옷 벗고 나왔습니다

뒤늦게 찾아온 불청객
코로나 죄인 되어 독방에 갇혀
식사도 문 앞에 배달
열흘 뒤, 무혐의 석방
다시 자유인이 되었습니다

고비마다 쓰러질 듯하며
다시 일어나 이제
팔십 고개를 바라보는
억세게 운 좋은 늙은이가
오늘도 걷고 있습니다
어제처럼, 내일을 향해

두 아들

첫 출산 아들 소식에 한 여름 초저녁
하늘 유난히 밝게 보이던 별빛
남들은 하나도 얻기 힘든 아들이 또
박봉이지만 갑자기 부자가 된 듯

부모님 생신과 명절 쇠러 일 년에 네 번
머리맡 라디오 교통방송 듣다
소통 원활하다는 소식에 두 아들 깨워
고향으로 떠나는 새벽 여행길 스무 해

자식 교육 위해 너도나도 강남으로 떠나는데
서울 변두리 무명학교 보내며 고향 심어 준다는
핑계 삼아 과외 한번 제대로 못 시켜 주었는데
누구를 닮았는지 반듯하게 자라준 집안 두 기둥

기다리는 부모 속 마음 알고
틈나면 손주들 앞세워
찾아주는 두 아들
인생의 참맛은 이런 것이런가

막다른 골목길

점점 좁아지는 골목길
끝자락이 보일 듯

눈이 침침해 손등으로 문지르고
다시 치켜뜨고 훑어본다
가까이 다가온 듯

미련이 남아 몸 구석구석 걸쳐있는
욕망들 하나씩 떼어 낸다
손을 훌훌 털고 차분히
때를 기다린다
참
홀가분하다

인내(忍耐)

좁은 옥상에 뿌리 내린 호박 덩굴
갈 곳 없이 헤매다
난간 틈새를 비집고 기어나가
허공에 매달려
대롱대롱 몸부림친다

불볕더위 불가마 속에
잎은 바스라지고
줄기는 누렇게 숨이 멎을 것 같지만
차마 싹둑 잘라내지 못하고
물을 주며 지켜만 본다

천신만고 끝에 아래층 마당
시멘트 바닥에 줄기 끝을 뻗어
틈새 흙 내음을 맡으며
초록 잎으로 회색빛을 덮어간다

용케도 냄새에 이끌려 온 벌
짝을 맺어주고 꿀을 퍼간다
하늘과 땅의 열기를
온몸으로 막아내며
애호박 하나
인내라는 이름으로 태어났다

장미를 찾아다니다가 반세기만에 돌아온 고향
산천, 이웃 모두가 변하여
통성명으로 통하지만 잊지 않고 반기는
봉선화 백일홍 과꽃 코스모스

이순남

이천 백사 출생. 갈산동 거주. 새시샘시낭송협회 회원. 전)
김해문인협회 회원. 월남 참전.

자벌레

네 일상은
자고 일면 속죄로
정확히
재며 살아가는 일

전생이
포목점 주인이거나
목수로 가늠되네

있는 듯 없는 듯
나뭇잎
풀잎 사이를 가르며
오체투지 하는 삶

자를 속였나
눈금을 속였나

애기똥풀

길가
야산
논밭두렁
동굴가
햇빛만 보여도
둥지를 트는

지극한
엄마의 사랑과
정성으로 태어난
너

성묘길
외진 길은
너 있어
홀로도 외롭지 않은 길

장마 뒤

장마 뒤
파란 하늘
누구인가?

남기고 간 구름
꽃이 되고
짐승이 되고
건물이 되고
거대한 빙산이 된다

말끔히 씻긴 태양은
온 대지를 싱그럽게 물들이고
혼미한 내 영혼을
새물내로 불러낸다

죽순 돋듯
물오르는
장마 뒤
우리네 일상

떠나고 싶다 한다

섬
나무
사슴
나
조용히 물으니
모두는 떠나고 싶다 한다
메꾸지 못한 원고지가
발목을 잡는다 해도
시도 때도 없이 우는 비둘기처럼
생뚱하게
생뚱하게
떠나고 싶다
모두는 떠나고 싶다고 한다

조각보

뒤돌아보면 눈앞인 듯한데
다시는 밟지 못할 뒤안길에
서 있네

홀로 설 때부터
조각보로 기워졌던 삶
지난 젊은 날들이
앙금의 세월 되어
어레미로도 걸러낼 수 없네

이제
몽당연필처럼 짧아진 목숨
아지랑이 꽃길 따라 걷노라면
작별의 눈물 받아줄 사람
저쯤에서 있으려나

거듭나다

청개구리 한 마리
냇가 푸섶 그늘에 내장을 꺼내 씻고 있다
요즘같이
매사가 뒤틀리고 삐걱거릴 때
나도 한번
벌건 대낮을 피해 탕약 같은 밤 오면
조용한 냇가에 앉아 오장육부 살래살래 흔들어
조심스레 제자리 찾아 넣고 싶다
살면서 미워하며
원망했던 마음
무릎 꿇고 참회하며
매일 새롭게 뜨는 아침 해를 따라
정갈한 마음으로
거듭나고 싶다

참개구리

밤새도록 동해가 씻어 올린 태양이
방죽을 비출 때
연잎 위에 가부좌 튼 참개구리

문인화의 한 폭이고
민화의 주인공이렸다

두 눈이 정수리에 박혀
물 속
땅 위
천기를 읽고
지기(地氣)를 살펴
사는
수륙의 족속

뛰어난 점프 능력과
위장술은
지상의 영웅이요
무적의 해병이다

중년이라는 삶의 경계선에서 계절마다 꽃이 핀다는 사실을 알았답니다. 봄에는 봄꽃이 피고, 여름에는 여름꽃이 피고, 가을에는 가을꽃이 피고, 겨울에는 겨울꽃이 피고, 시간은 사계절 쉬지 않고 꽃을 피우는데, 그 꽃들을 제대로 보지 못한 거 같아요.

이제부터라도 눈과 가슴에 예쁜 꽃 많이 담으면서 사랑하면서 살아가려 합니다. 이번 가을에 예쁜 꽃 핀다는 소식이 있으니 예쁜 추억 많이 남기는 가을 되세요.

이용성

충북 영동 출생. 이천시 부발읍 거주. 한국전력공사 근무, skhynix 재직(28년). 『서정문학』 등단. 한국문인협회. 이천문인협회. 다솔/청솔문학 회원.
시집 :『해보는 수밖에 길은 없다』외 다수.

백조

아내와 한적한 시골 도로를 드라이브 하다
논두렁에 앉은 하이얀 새의 무리들을 보았다

아내에게 무슨 새냐고 물었더니
백조라고 거침없이 대답한다
다시금 되물어도 대답은 백조다

이 세상에서 제일 비싼 새가 되어
삶을 우아하게 살고 싶은 아내의 마음인가

차마 백로라고 이야기 하지 못하고
당신 닮은 백조라고 맞장구 쳤더니
차 안이 웃음소리로 요란하더라

천일염(天日鹽)

바다에 빠진 햇살이 딩굴다
햇살이 빠진 바다가 야위면

하늘 품은 드넓은 바다는
바람따라 흔적없이 사라지고

헤아릴 수 없는 보석들이
윤슬처럼 반짝 반짝

오늘도
아내의 조막손에 잡힌
한줌 푸른 바다가 주방에서 춤춘다

카멜레온

반짝이는 갑옷에다
시간 한 줌 올려놓고
이름모를 세상을 향해
느릿 느릿 기어가는
느림보 인생아

가늘진 가지를 부여잡고
바람따라 흔들리며

꿈뻑이는 두 눈망울에
서로 다른 세상 담아 두고

풀숲에 가면 풀이 되고
꽃밭에 가면 꽃이 되는

너는
요술장이 마법사

나도
너처럼 세상을 만나고 싶다

도전

지금
바로 시작해 보세요
시작이 반이다라는 이야기가 있잖아요

거창하지 않아도 좋아요
초등학교 100미터 달리기 경주에서
목표지점까지 맨발로도 열심히 잘 달렸잖아요

그대가
진정으로 바라고자 하는 것들에 대하여
지금 바로 시작해 보세요

성공과 행복은 도전하는자의 몫이니까요

때늦은 안부

그저
스쳐가는 바람 인 줄 알았다
스쳐가는 타인 인 줄 알았다

카페에서 커피 한잔 하며
헤어지는 친구인줄 알았다

지랄같은 밤낮을 뒹굴었더니
그 사람으로 변해 있더라

한때
네가 곁에 있으면 햇살처럼 따스한
네가 곁에 없으면 별빛처럼 그리운

네 생각에 눈물 딱지 범벅되어
내 삶이 정처없이 헐떡이던 시간

바보처럼 맴돌다 맴돌다
가슴에 쟁여두고 말았었네

이제
삶을 경계선을 소리없이 너머 가다 보니
가끔 사라지는 별똥별처럼 스쳐가는 너

오늘
네 이름 석자 불러 본다
미안하다 그리고 잘 살고 있지

나이 들면

지난 세월
뒤돌아 보면
잡히는것 하나 없는데

어쩌자고 매일마다
태양과 달의 뒷편에 서서
한줄 그림자로 따라오나요

나를
스쳐 지나간 모든것들이

단풍나무의 꿈

파랑 노랑 빨강 옷을 입고
춤추는 광대가 되고 싶어요

누가 바라보지 않더라도
누가 박수치지 않더라도

봄날은 시원한 바람과 사랑하다
여름은 뜨거운 태양과 사랑하다

가을 찬 바람 불어 오면
지금 마주보며 인사하는 사람과 함께
예쁜 천사되어 나비 춤을 추고 싶어요

그때까지 기다려 주실 수 있나요

창밖으로 종일 벗이 되어주는 반려 꽃, 새, 벌, 나비, 잠
자리, 시골 에움길….
그들은 조용히 그냥 그자리에서 자리를 지킵니다.
그들의 말을 듣고 싶어 더듬이 하나 길게 세워본 날들,
이제 시어로 다듬어 독자들과 함께하니 행복합니다.

이정식

이천 출생. 새시샘시낭송협회 회원. 전) 중학교 사회교사.
전) 교보 생명 근무. 성균관대 서예전문과정 수료. 서울예
술의전당서예전문과정 5년 수료. 이천서희대전 초대작가.
세종대왕한글대전 특선. 현재 에이스침대 한글서예 강사.

보석

연잎에 빗방울이
떨어진다
이리 둥글 저리 둥글
한 곳으로 모인다
갸웃둥, 좌르륵

우리네 인생도
작은 보석이었지
많은 보석이었지

비가 멎는다
보석은 자취 없고
빈 연잎만
흔들거린다

어머니

내일을 위해 기도하셨지
오늘을 감사하며

기어이 오는
내일을 위해

종소리에
또 기도하셨지

오늘도 행복하고
내일도 행복하자고

그렇게 행복은
오늘도
내일도 있으셨다

아버지의 정원

동이 트기도 전에
무거운 시계추 내려놓으신
아버지의,
새벽을 여읜 잠은 끝이 납니다

여닫는 문소리에 새벽 바람은
식구들 얼굴에 나비 바람이 됩니다
추녀 그림자 밟고 나가시는
아버지의 어깨에
새벽 달빛이 살포시 내려앉곤 합니다

풀 먹인 홑적삼 잠방이 땀에 울어 허룩하여진
아버지는 이지러진 달입니다
논밭 전지 돌으시는 아버지의 검은 정강이
돌우물로 가시어 한 바가지 물로 허기 채우십니다

물오리 놀고 간 개울물에 발 담그시는 아버지
그을린 목 홀쭉한 얼굴
고단하지만 가족을 챙기며
푸득푸득, 씻으시는 아버지

낮에는 구름 벗 삼아 논밭 갈으시고
밤이면 달 벗 삼아 딸린 식솔 다독이며
사신 세월

밝아 오는 동녘에 눈인사하시며
하루를 시작하시는 아버지
세월 빛 촘촘히 박음질한
아버지의 들녘은
여름날의 수채화입니다
잘 다듬어진 아버지의 정원입니다

세월

물들음이 평안했던 날들
하라 하시던 부모님
하자 하던 형제들

어느새
옹이 박힌 나무되어
해질녘
잔 햇살 받는다

동구밖 백로
둥지 찾는 노을에
미음완보(微吟緩步) 시인들과
동주동락(同舟同樂)이
내 분수네

어미의 꿈

백로의 꿈은
오로지
둥지 새끼 배 불리는
어미의 꿈뿐

어느 습지
어느 냇가에서
가득히 쪼는 입질만이
어미의 바람이다

검은 구름 얼굴 가린 날
낮 더위에 아무도 없는 날
나래짓 버거워 힘 빠진 날
한나절이 기울도록
부리짓 못 하던
날도
가슴 졸이는
둥지뿐

늙은 어미의 가지런해지는
한여름의 꿈은
오로지
둥지로 둥지로

실패

반짇고리 꺼내신 어머니
실패에 손이 간다

응, 왜 엉켰지?

실 엉킨 것은 풀어도
서운함 엉킨 것은 풀기 어렵다
사람 사는 게 그렇다
잘 감겨야 하고 잘 풀려야 한다
한번 꼬이면
마음이 조급해진다

바느질도 바늘땀이 급해진다

실패를
푸시는
어머니의 손

실마리를 찾아야 실패가 풀린다

잘 풀린 실마리는
어머니의 사랑

내일 아침
실머슴처럼 일하시는
아버지가
입으시지

신노년입니다

나이 들면
경험이 깊고 풍부해집니다

그러나
경험이 오히려 더 좁은 방을 만들기도 합니다

자기 생각 자기 고집의 틀에 갇혀
더
궁색해지기 쉽습니다

그래서
다른 사람의 장점보다 단점을
새로운 것보다 옛것을
좋은 것보다
유독 안 좋은 것을
꼭 짚어 말하기를 즐겨 하게 됩니다

마음의 넓이는 그 사람의 말에서 드러납니다
격려의 말 사랑의 말
나이 들수록 말이 아름다워야 노년도 아름답습니다

신노년의 길
참,
쉽습니다

무궁화꽃이 피기 시작해서 100일이 지나면 서리가 내린다
지요.
쉬임없이 피고지고를 반복하는 무궁화꽃처럼 내 인생의 서
리가 내릴 때까지 詩꽃을 피워낼 수 있었으면 좋겠습니다.
다발다발 엮어 낸 詩集을 보고 아름다운 삶이었노라고 넌즈
시 이야기해 줄 수있는 詩꽃을….

정구온

서울 출생. 여주시 거주. 새시샘시낭송협회 회원. 전) 대한해
운(주) 근무.『서울문학』등단. 이천문인협회 회원. 시집 :『시
가 골목길로 내려왔다』,『시를 골목길에서 줍다』외 다수

배롱나무

끈적거리는 더위에 마음마저 옥죄던 날
길 위에서 길을 찾으려
떠난 발걸음
무더위를 견디며 말갛게 핀 배롱나무 반갑다 손짓해
그 주위를 맴돌았지요

투둑 투두둑 툇마루에 앉아 듣는 빗방울 소리
지친 마음 다독이듯 말간 웃음 지어주던 배롱나무도
새물내 물씬 풍기며 새뜻한 미소 보내 주네요

효자 벚꽃
 - 요양원일기

옆에서 앞에서 다들 톡 톡
톡톡톡 봉오리를 터트리는데
마른 가지로 죽은 듯 버티고 있던
덩치 큰 주위 친구들에 비해
왜소한 벚나무 한 그루
더러는 지고 잎새가 나올 무렵
뒤늦게 봉오리를 터트리더니
모두가 연둣빛 합창하는데
저 홀로 연분홍 얼굴을 붉히고 있다
가만히 바라보던 어르신

"병신 자식이 효자 노릇 한다더니
뒤늦게 피어서 눈호강 시켜주네."

아,
참 시인 여기 계시네

장미꽃 피는 계절에

꽃 한 송이로 배부를 줄 아는 여자에게
생일이면 늘 나이만큼의 꽃다발을 선물하는 남자
꽃다발을 안고 행복에 겨워하는 순진무구한 여자

어느 해 하얀 백장미 꽃바구니를 안겨주더니
꽃송이를 세어보라 했지
"한 송이가 부족한데?"
"그 한 송이는 나야."

세월이 흘러 꽃은 시들어버렸어도
여전히 피어있는 백장미 한 송이

애기똥풀꽃

흔한 꽃이라고 업수이 여기지 마라
지천의 꽃이라고 그냥 지나치지 마라

젖이 퉁퉁 불어 저고리를 적시는 엄마가 되어 보았느냐
엄마를 기다리다 지쳐 우는 아가가 되어 보았느냐

저기 우리 엄마가 있다
저기 우리 아가가 있다

엄마를 기다리다 지쳐 별이 되어버린 아가
퉁퉁 불은 저고리를 끌어안고 별이 되어버린 엄마

흔한 꽃이라고 업수이 여기지 마라
지천의 꽃이라고 그냥 지나치지 마라

그대 가슴에 핀 꽃은

그대 가슴에 핀
한 송이 꽃은 무명화였습니다
장미로도 백합으로도
세상 어떤 꽃으로도
대신할 수 없어
무명화라 부르겠다 했지요

그대 가슴에서
착하디 착한 들꽃으로 피어나기도 했다가
별빛이기도 하였다가
달빛이기도 하였다가
햇살이 되기도 하였습니다

청옥산 육백 마지기 샤스타데이지를 보며
그렇게 은하수 품은 꽃이 되고 싶어집니다

때론 소나무숲길에 나지막이
자세를 낮추고 보랏빛 향기를 담아내는
맥문동으로 피었으면 좋겠습니다

황량한 갯벌에 피어
바람의 속삭임에 온몸으로 연주하는
뻘기꽃이었으면 좋겠습니다

그대 가슴에
별빛꽃
달빛꽃
햇살꽃으로
영원히 지지 않는 무명화로 피어나면 참 좋겠습니다

아부지

"술 드시는 분한테는 약주가 최고여
이담에 후회하지 말고 아부지 오시면 안주 간단한 거 챙겨
놨다가 한잔씩 드려."

아부지가 약주 드시는걸 잘 아는 이웃이 그리 입이 닳도
록 이야기해도
워낙 술하고 거리가 멀어
귓밖으로도 안듣다가
어느 날
양이 많은게 좋은건지 싶어
막소주 큰것을 사다 드렸지
막내야 니 돈으로도 술을 주니?
언니가 그건 짱아찌나 담그는 술이야
내가 가져가 장아찌 담궈야겠다

"애야, 그거 막내가 사온 거니 그냥 놔 둬라."

밭에 가는 길에도
논에 가는 길에도
막내딸 집에 들려 넌즈시 바라보고 가시던 아부지
미용실에서 어린 아들 곁에 두고 일하는것을 보시고는
"많이 가르치지 못해 고생시켜서 미안하구나."
눈시울 붉어지시던 아부지
크고 깊은 그 사랑
그 그늘이 그립습니다

나대로

나대로 훨훨 날고 싶었지만 날갯죽지 접을 수밖에 없던
내 삶의 한 귀퉁이에서 불어대던 바람 바람들
엄마로도 살지 말고 아내로도 살지 말고
정구온, 따뜻함을 구하라는
이름대로 살라는
딸애의 한마디가 굳은 날갯죽지를 보듬고 치료해 주니
푸득 푸득 훠어얼

늦은 나이에 시어를 접하며
일본 시인 시바타도요라는 이름으로 위안을 삼는데
서예교실의 팔십 다 된 언니는
젊어서 시작해서 좋겠다고 나를 부러워하네
푸득 푸득 훠어얼

지금 여기 함께할 수 있음이 소중하고
오늘 이 시간을 추억의 한 장면으로 남기고
잔물결처럼 흘려보내며 내일을 기다리면서 감사해봅니
다.

한기향

이천 출생. 새시샘시낭송협회 회원. (사)색동어머니회 활
동. 공저『늘보 엄마의 일기』.

자랑은 살짝

너무 크게 말하지 말아요
봄바람도 살짝 불어야 시원하잖아요

빛나는 보석도 조용히 빛날 때
더 아름답게 보이니까요

미소도 살짝만 지어보세요
자연스러운 매력이 느껴지니까요

자랑은 살짝,
햇빛 달빛에 비치는 반짝이는 잔물결처럼
가볍게 흘리듯 전하면 어때요?

귀기울여주는 사람들 속에서
진짜 빛이 나는 건
당신의 마음일 테니까요

봄날, 한편의 영화

하늘은 흰분홍 필터를 씌운다
꽃비는 필름처럼 내리고
쿡이는 카메라 잡은 감독님
연신 포즈 주문을 하며 찰칵찰칵
"브이, 스마일, 사랑해!"

달순씨와 향이는 주인공
샤랄라 원피스와 챙모자 둘러 무대의상 차려입고
손끝까지 봄을 담아 포즈를 잡아본다
꽃보다 화사하게 웃어도 본다

길가 옆 포장마차는 봄의 팝콘
잘 우려낸 어묵국물과
떡볶이 한입에 이야기가 톡톡 터진다
입가에 묻은 고추장조차
봄날의 한 장면

봄은 그렇게
"지금, 여기, 함께"

벚꽃은 잠깐이지만
시간은
쭈욱,
재생될 테니까

나의 향

짙지 않아도 물들일 수 있는
그런 사람이고 싶다

가장 고운 색으로
부드러운 결을 따라
그라데이션 인생을

작은 계절에 음표 타고 떠나요

햇살이 엉뚱하게 웃는 날
도로 위엔 바람이 깔깔거리고
라디오는 내 기분을 읽은 듯
딱, 그 노래를 튼다

입술로 드라이브 하고
콧노래로 꽃밭을 지나
마음은 벌써 목적지를 훌쩍 넘는다

운전대 잡은 쿡이,
달뜬 나의 음표들이
슬쩍 간질이면
피식 미소가 코너를 돈다

우리가 만든 작은 계절에
마음을 활짝
음표 타고 떠나보자

커플

나는 복제 불가 한정판
세상에 단 한 명
향이,
그걸 알아본
쿡이,
안목이 우주급이네

쿡이도 보통 사람은 아냐
내 마음에 착륙한 최초의 탐사선
우리 서로
충전해 주고, 업데이트하며
사랑과 우정 사이
세상 둘도 없는
특급 조합 만들며 살아보자

겨울 끝, 물길의 시작

우리,
잠시 멈춰 서 보지 않을래
차갑게 얼어붙은 마음에
따스한 숨을 불어넣어
햇살을 얹어 보자

천천히,
서두르지 말고
서로의 온기를 녹여가자
닫힌 마음도
결국엔 녹아지더라

흐르자,
조용히 흘러가 보자
냇가로 강으로 바다로
때론 누군가의 목마른 하루에 닿을 수도 있어

그러니
우리 함께 눈석임물처럼
어깨를 맞대고 잔잔하게 흘러가 보자

쿡이의 품

따뜻한 보금자리로 위로가 되기도 하고
숨겨둔 상처를 마주하면서 아프기도 하고
거칠게 마음을 흔들 때도 있지만

함께 울고 웃으며
질긴 끈처럼 이어져 동행하며
차가운 바람에도 바람막이가 되어주지요

남들에게 잘하는 표현도 가족에겐 서툰 표현들
그냥저냥 살아가지만
모든 감정이 모여서 우리는 사랑이 됩니다

아직 시를 잘 모릅니다. 그저 살아내는 이야기를 하고 싶
었습니다. 사람들 속에서 부대끼며 살아낸, 살아가는,
살아가야 할 그 꿈 같은 이야기 말이에요.
인생 2막, 새로운 문장으로 쓰여질 삶에 고운 언어를 끼
워 넣고 싶네요. 그러면 낭만이란 게 찾아올까요?
함께 하자고 걸음마를 시켜주는 시우님들 고맙습니다.

현명희

경남 합천 출생. 이천시 창전동 거주. 새시샘시낭송협회
회원

닮은꼴

막내 여동생
어제는 사네 못사네
염장 지르더니
오늘은
순대 떡볶이 찹쌀도너츠
장바구니 담아왔는데
제부도 퇴근길에
닮은 꼴
봉다리 가득
함박웃음 산더미로
또 염장 지르네

엄마새

십 년 세월 아기 노릇 실컷 하고는
십 일 동안 말문 닫아걸고
하염없이 기다리던
객지의 아들 얼굴
끝내 못 보고
말간 눈 스르르 감고는 뜨지 않았다

예순을 바라봐도 여전히 막내인 여동생은
천변을 산책하다 희귀한 새들
용하게 찍어 올린다
하루는
학 닮은 새 한 마리 올렸는데
날개와 몸통이 크레파스 하늘색이다
머리에는 청록월계관도 둘렀다
에스자 구불구불 긴 목
눈같이 흰 얼굴
너무나 예쁜
새가 된 엄마를 만났다고
세 자매 단톡에 활기가 돌았다

화가인 둘째 동생
어머니 똥기저귀 만지던 손 익숙하게
이젤 세우고
십 년 묵은 먼지 떨어낸 붓으로
영혼을 채색하기 시작했다

날마다
새롭게 태어나고 있다

벚꽃 편지

세월은 빛의 속도로 날아가는가 보구나
아들아, 속절없기로는
저놈의 벚꽃 같구나

우리 함께
벚꽃 나들이 한 번 못 해 본 이유
애꿎은 봄비 탓으로 돌리자
수십 번의 봄날을
다 기억할 수는 없어도
봄비가 안 내린 적은 없었으니까

해가 갈수록 푸지게 차려지는 설봉산 꽃 잔치에서
성긴 눈발처럼 할랑거리는 꽃잎만
내 눈두덩이에 날아들어서
자꾸만 눈을 깜박이다
어제 같은 그 옛날
꼭 너의 얼굴에 박힌 여드름처럼
고목의 옆구리에 솟아 난 벚꽃이
속,
무딘 마음을 찔렀단다

저토록 여린 것이
얼어붙은 껍질을 뚫고 나와서는
멍든 자국도 없이
해사하게 웃고 있구나

엄마에게는
아무때나
너의 얼굴이 꽃잎이란다
그래서 엄마는
서서도 잠드는
나무가 되었지

지우개가 사는 긍정동

언니, 성빈센트 유방 검사!
그게 뭐 어쨌다고?
언니도 몇 년에 한 번은 해야지요
나랑 같이 가서 검사받고
그 교수 친절하다고 괜찮다 했쪄요
고뤠?
난 기억이 없구나

가슴에 찌르르 전기가 오면서 양쪽에 석회가 자라기 시작
했다 해마다 대학병원 찾아가는 일을 게을리하지 않았다
암보다 무서운 코로나가 고마웠다 병원 못 가는 핑계로 여
기저기 신나는 일들을 벌였다 몇 년이 지난 후 문득 생각
이 났다

결과가 의아해서 몇 번을 되물어도 깨끗하다는 교수의 말
이 믿기지 않았다 십 년 동안 자라던 것이 사라졌다니

웃음은 돌멩이도 녹인다고
좋아한 적이 있었던 것 같은데
번거로운 검진 절차 생생히 살아나도
아랫집 수연이랑 같이 간 기억이 숨었다

새삼스럽지만
한번 가서 확인할 기쁨이
긍정동에 있겠지

수연이는 내가 했던 것처럼 해마다 추적검사를 하고
즐기면 긍정동 웃음호에서
나는,
우하하하
한 줄 시로 터뜨린다

작은 영웅을 깨우다

국민학교 시절 엄석대를 몰라서 좋았다
그래서 골목대장을 했다

엄석대를 만났다
일그러지기 전까지의 엄석대와 나는
기막힌 판박이
내가 다른 점이 있다면
엄석대는 남자아이 나는 여자아이
엄석대는 공부를 못했고 나는 잘했다

일그러진 영웅이 되지 않겠노라
요런 것이 소설이라면
나도 쓸 수 있겠네
무모한 꿈 갈무리한 채
진창을 질펙댔다

질펀한 이야기 발효시킬 때
부글부글 끓어 넘치기도 했었지
다시 일어서야만 하는 막막한 순간들
농익은 향기로 숙성되는
퇴고의 날까지
얼마나 더
지렁이처럼 꿈틀대야 할까

이렇게 숨이 찬 것은
고지가 가까웠다는
아니, 멀어도
기어이 갈 수 있다는
가야 한다는 위안일 거야

오뚝이처럼
오뚝이가 되어
엄석대의 날들을
다시 곧추세운다

아욱국을 끓이려다

싸리 울타리 둘러쳐진 초가집
건넌방 새댁은 늦잠을 잡니다

홀시어머니
호미 들고 마당을 몇 바퀴 돌아
아욱 씨 뿌리고 울콩을 놓습니다
안산(案山)마루 뒤
하늘 붉어져도 수줍어 기척이 없습니다
닫힌 방문 바라보며
입을 달싹이다 참다가
조심히 부릅니다

아가, 이리 좀 나와 봐
울타리 안에 향기가 가득 고였어
사립문을 못 열겠네
풀냄새 나가버릴까 아까워서
이 달달한 공기 들이마시고 또 자려무나

그때는 몰랐습니다
봄날 아침
애틋한 사랑의 마음을

아욱 한 줌 얻었습니다
국을 끓이려고
제멋에 겨운 이파리 짓이길 때
푸른 물 가득 번지는 바가지
아이갸,
기특해하는 목소리 들렸습니다
코끝이 찡
눈물도 핑 돌았습니다

시요일

매주 수요일엔 진주 캐러 간다
내던진 조약돌 흩어놓고
이리저리 굴려보면
눈물방울
또르르 또르
눈물 속에 피어나는
웃음
오달진 하루 매만지러

당신에게선 항상 새물내가 나요
그래서 나는 항상 당신이 좋아요
나를 대할 때마다
항상 정성을 쏟는다는 거잖아요

이인환

이천시 호법면 출생. 갈산동 거주. 출판이안 대표. 시전문 잡지 <소통과 힐링의 시> 편집장. (사)한국강사협회 명강사(184호).
시집 『아버지 어머니 그리움 사랑』, 『아버지로 산다는 것』, 『하늘이 바다가 푸른 이유는』, 『예쁘고 예쁜 작은 꽃들 피었다』 등

자식

전생에 이보다 큰 은인도 없었을 겁니다
얼마나 큰 은혜를 입었기에
퍼주고 퍼줘도 이리 부족하기만 한가요?

에움길

그대는 나의 에움길입니다
물 소리 바람 산새 풀벌레 소리
가득한 에움길입니다

굽이굽이 즐기며 가렵니다

반가운 손님

반가운 손님은 때와 곳을 잘 맞춥니다
홀로 열무 무친 양은 냄비에 묻은 양념이 아까워 남은 밥
에 들기름 고추장을 잔뜩 비벼 버거워할 때 반가운 얼굴로
찾아와 싹싹 비워주는 당신처럼
꼭 먹고는 싶은데 2인분 이상인 식당이라 아쉬움 접을 때
불쑥 찾아와 밥 먹으러 가자는 당신처럼
적절한 시상 하나 떠오르지 않아 복잡해 서성일 때 아무런
말이나 수다로 털어놓아 번쩍 떠오르는 시상 하나 잡아주
는 당신처럼
이쯤에 올 때가 됐는데 하며 기다림의 재미를 느낄 때 환
한 얼굴로 찾아와 무슨 말이든 가만히 들어주고 미소짓는
당신처럼
반가운 손님은 때와 곳을 참 잘 맞춥니다

나도 당신의 반가운 손님입니까?
그랬으면 좋겠습니다
그랬으면 좋겠습니다

표현

아무리 멀어도 소식을 기다리며 마음을 전하던 시절은 지
났습니다
손가락만 움직이면 지구 밖의 소식도 순간입니다

중요한 건 마음이라며 괜히 체면 뒤로 숨지 마세요
표현이 서툴면 마음도 날을 세우는 시절입니다

당신의 표현은 어떠신가요?
햇살만큼 밝은 표현인가요?

옥수수

우리딸도 옥수수 엄청 좋아하는데....
배 채운 것으로 모자라 욕심을 부려봅니다
아내도 좋아하는데 남편도 좋아하는데
난 이거만 있으면 종일 먹을 수 있는데
옥수수 먹으러 오라는 핑계로 모인
여섯 문우가
쏟아내는 시어로
옥수수 키우느라 땡불볕에
올올이 영글은 노시인 부부의 미소가
달착지근합니다

이 뜨거운 여름에
바리바리 나누는 것으로
행복을 삼으시던
부모님이
또 오셨습니다

안개비

사랑한다는 말을 남기고 떠나 돌아오지 않는
사랑하는 이가 남긴 깊은 곳의 상처로
사랑하는 이를 만날 때마다 말도 못하고
사랑하는 이를 또 잃을까 봐
사랑하는 이가
먼저 싫어해서 떠나게 만드는
아픈 사랑의 주인공이
당신과 내가
아니라고 할 수 있을까요?

어렴풋이 다가서면 꼭 그만큼 물러서는
촉촉한 그리움에 생각만으로도 설레는
당신의 그 좋은 미소가
부디 그러지 않기를 바랍니다
사랑은 과거가 아니라
바로 지금 바로 지금이니까요

빨간 장미 하나

누구나 부러워하는 남편을 둔 아내가 있었답니다. 잘 생기고 안정적인 직장에 세심하고 가정적인 남편이라 어디 하나 흠 잡을 것이 없을 지경인데 꼭 생일이나 결혼기념일이나 좋은 날만 되면 사소한 일로 싸우기 시작하면서 사랑에 금이 가기 시작했답니다.

아내는 아무리 생각해도 자신에게 문제가 있다 싶어 상담사를 찾아갔답니다.

"싸울 때마다 반복된 일이 있었나요?"

아내가 이런 말 저런 말 털어놓는 가운데 빨간 장미가 반복적으로 등장을 했답니다.

"그때마다 남편이 꼭 빨간 장미를 사왔어요. 제가 좋아한다는 것을 알고 한번도 빼먹은 적이 없어요. 프로포즈도 빨간 장미로 했거든요."

아내가 좋아한다면서도 빨간 장미를 말할 때마다 습관처럼 인상을 쓰더랍니다. 감을 잡은 상담사가 물었답니다.

"그런데 왜 빨간 장미를 말할 때 인상을 쓰시죠?"

"제가 인상을 썼다고요? 제가 빨간 장미를 얼마나 좋아하는데…."

"본인은 모르겠지만 지금도 인상을 쓰셨잖아요. 빨간 장미 때문에 상처받은 적 있지요?"

"그런 적이 없는데…."

"분명히 있어요. 억지로라도 떠올려서 상처받았던 적을 떠올려 보세요. 남편과 관련된 일이면 더 좋고요."

매번 상담사의 눈길을 피하며 그런 적 없다던 아내가 잠시 생각하더니 한숨을 깊게 내쉬며 말하더랍니다.

"글쎄요, 결혼 첫날 밤에 이런 일이 있기는 했어요."

첫날밤에 대한 환상으로 잔뜩 긴장도 하고 기대도 하며 신혼 여행 고급호텔에서 기다리는데 결혼식 뒤풀이 때 친구들이랑 낮술에 취한 신랑이 호텔에 들어서자마자 침대에 엎어져 대자로 뻗었답니다. 그때 마침 침대 머리맡에 빨간 장미를 꽂아둔 화병이 떨어지면서 산산조각이 났답니다. 그 순간 아내는 첫날밤에 대한 환상이 깨지면서 박살난 장미를 보며 마치 자신의 신세와 같다고 타령하며 잠이 든 남편을 원망하며 뜬 눈으로 밤을 새웠답니다. 아무리 생각해 봐도 빨간 장미 때문에 받은 상처는 이것밖에 없다며 눈물을 보였답니다.

상담사는 조심스레 사태를 파악했답니다. 박살난 장미를 자신과 같다며 밤을 새우는 동안 무의식 속에 빨간 장미는 남편에 대한 원망을 트라우마로 품게 되었다는 거죠. 그래서 남편이 기념일마다 빨간 장미를 사오면 이성적으로는 좋아해야 한다는 의식이 작용하지만, 내면에서는 그때 새긴 남편에 대한 원망의 감정이 올라와 무의식으로 작용해서 자신도 모르게 인상을 쓰며 남편이 싫어할 말이나 행동을 하면서 싸움의 원인을 제공한다는 것을 확실히 알아차렸답니다.

문제는 아내가 말도 안 되는 것 같은 이 현실을 어떻게 받아들이느냐에 있다고 했답니다.
그나마 다행인 것은 남편이 아내를 사랑하고 있으니 다음부터 함께 상담사를 찾아오면 해결책을 찾을 수도 있다고 했다네요.

트라우마가 다 그런 거랍니다.
남의 일로만 보지 마세요.
누구나 빨간 장미 하나는 다 품고 있답니다.

이천에 살렵니다

복하천 구만리들 새벽노을 붉게 타네
노을보다 먼저 일어나 진상미 지어주시던
아버지 어머니, 눈물 나게 그립습니다
이제는 쉬세요, 편하게 쉬세요
저도 영원히 이천에 살렵니다
복하천 줄기줄기 물새 소리 들으며
자연에 살렵니다, 저만 믿고 쉬세요

서울까지 오십 분 길 어디든지 금방인데
청운의 꿈 이루라며 등 떠밀던 그 말씀
아버지 어머니, 눈물 나게 그립습니다
이제는 쉬세요, 편하게 쉬세요
저도 영원히 이천에 살렵니다
설봉산 줄기줄기 산새 소리 들으며
자연에 살렵니다, 저만 믿고 쉬세요

아버지 어머니, 편하게 쉬세요
저도 영원히 이천에 살렵니다
자연에 살렵니다, 저만 믿고 쉬세요

소통과 힐링의 시 33
같은 쪽 바라보는 우리

초판인쇄 : 2025년 10월 10일
초판발행 : 2025년 10월 14일

지은이 : 새시샘시낭송협회

펴낸곳 / 출판이안
펴낸이 / 이인환
등 록 / 2010년 제2010-4호
주 소 / 경기도 이천시 영창로 314번길 51, 203-302(갈산주공)
전 화 / 010-2538-8468
인 쇄 / ㈜아르텍
이메일 / yakyeo@hanmail.net

ISBN : 979-11-985812-3-5(08310)
가 격 : 15,000원

* 출판이안은 세상을 이롭게 하고 안정을 추구하는
  책을 만들기 위해 심혈을 기울이고 있습니다.